KB117555

감정 상하기 전, 요가

감정 상하기 전, 요가

지은이 김윤선
펴낸이 임상진
펴낸곳 (주)넥서스

초판1쇄 발행 2021년 6월 07일
초판2쇄 발행 2021년 6월 14일

출판신고 1992년 4월 3일 제311-2002-2호
10880 경기도 파주시 지목로 5
Tel (02)330-5500 Fax (02)330-5555

ISBN 979-11-6683-086-0 03810

www.nexusbook.com

감정 상하기 전,
요가

김윤선 지음

마음이 숨 쉬는 하루를 위하여

넥서스BOOKS

보기보다 화가 많은 사람입니다

숙이고, 펴고, 비틀다 보면 저도 모르게 마음이 편안해지는 걸 알게 되었어요. 그러다 보니 웬만해선 감정의 동요 없이 늘 평정심을 유지하며 사는 수련자 같다는 말을 듣곤 했지요. 하지만 사실 저는 그런 사람이 아니에요. 머리에 열이 많아서 인삼도 받지 않는 사람, 중요한 일을 앞에 두고 더 소심해지는 사람, 한동안 연락이 뜸해 그리워진 벗에게 먼저 전화 거는 일에도 망설임이 필요한 사람, 일희일비하는 사람. 저는 그런 사람이거든요.

뿌리 깊던 '나무 자세'가 몹시 흔들린다면, 불안한 감정이 외부에서 들어와 몸과 마음을 흔들었기 때문일 거예요. '다운 독자세'에서 왼쪽 손목이 불편하다면, 왼쪽 손목에 대한 이해가 부족했기 때문일 거예요. 소심한 사람들, 아니 섬세하고 사려 깊은 사람들의 감정이 요동칠 때는 다 그럴 만한 까닭이 있을 거예요. 하지만 그런 감정에 휘둘리고 난 뒤에 남는 후유증은 고스란히 제 몫이 되곤 해요. 그래서 저는 감정이 사나워지려고 하거나 주위에 그런 감정을 일으키는 요인이 있을 때, 요가 매트 위에 올라가려고 합니다.

이쯤에서 이 책의 제목에 대해 짚고 가는 게 좋을 것 같아요. '감정 상하기 전, 요가'로 제목을 정하고 퇴고를 해나가다 보니 감정 상하기 전이 아니라 이미 감정이 상해서 온 수련생들이 많았다는 걸 알게 되었어요. 더는 감정이 상하고 싶지 않아서, 마음의 준비 없이 치고 들어오는 감정 때문에 괴롭고 힘들다는 걸 경험했기에 작은 제 요가원의 문을 두드렸던 거지요. 사실 이 책 속 제 얘기들도 다르지 않고요. 감정 상하는 일들은 느닷없이, 만만치 않은 상황과 상대로부터 닥쳐오는 경우가 많잖아요.

"선생님, 목요일 저녁부터 행복해져요."

직장 여성 A의 말을 선명히 기억하고 있어요. 아마 그녀는 자신이 한 말을 잊었겠지만, 겨우 주 1회 시간을 내어 수련하러 나와야만 했던 그녀의 한 주가 어땠을지 짐작되고도 남는 한마디였어요. 덕분에 은근히 감정적인 선생인 저는 '그녀를 더 행복하게 해줘야지' 하는 생각과 함께 제 마음은 어느새 '사랑'으로 채워졌지요. 보통 요가 수련을 마치면 요가원에 올 때와 딴판이 되어 나가곤 해요. 저는 그저 그들이 90분 동안 호흡할 수 있게 돕고 몸의 움직임을 살피는 게 전부였는데 말이에요. 제가 늘 강조하는 말이 있어요. 그 시간만큼은 최선을 다해 쉼표를 찍으라고, 그래야 살아갈 수 있다고. 그러니 어찌 보면 이 책의 제목은 '더 이상 감정 상하기 전, 요가'가 적당했을지도 모르겠단 생각을 아주 잠깐 해봅니다.

좋다는 걸 알면서도 하기 싫은 일은 참 많아요. 꾸준히 수련의 끈을 이어가는 일이 쉽지 않은 까닭이기도 하죠. 좋은 기회로 샌프란시스코에 몇 년간 살게 되었고, 그곳에 머물던 2005년부터 본격적으로 요가 수련을 했지요. 그리고 2008년에 한국에 들어와 그해 3월부터 수련 지도와 수련을 해왔으니, 나름 긴 시간이 흘렀네요.

수련하면 할수록 숨 쉬는 것, 먹는 것, 움직이는 것, 생각하는 것, 잠자는 것, 소비하는 것조차 '요가'와 통한다는 생각이 들어요. 요가 매트 위에서 흘리는 땀과 세상이라는 매트 위에서 흘리는 땀이 다르지 않다는 생각과 함께 말이죠.

권위 있는 요가 철학서 《바가바드기타》제6장에서, 힌두인들의 위대한 신神인 크리슈나Krishna는 요가가 뭐냐고 묻는 제자 아르쥬나Arjuna에게 요가의 의미를 '고통과 비애로부터의 해방'이라고 설명했어요.

그렇다면 지금의 현대인들에게 '요가'는 어떤 의미일까요? 간혹 수련 상담을 하다 보면 이런 질문을 받곤 해요.

"선생님, 요가로 뱃살을 뺄 수 있을까요?"

"저는 몸이 너무 뻣뻣한데 요가를 하면 유연해질 수 있을까요?"

그럴 때 저는 "요가만으로는 뱃살을 빼기 힘들고, 몸이 뻣뻣하기 때문에 요가가 필요한 것"이라고 대답해요. 평소에 너무 흔히 들어 식상하기까지 한 '물질 만능 시대'를 넘어 지금은 '코로나바이러스 시대'예요. 자본주의적 가치 추구와 문명의 힘이

인류 스스로에게 치명적인 함정을 만들었죠. 각자의 자리에서 어떻게든 함정에 빠지지 않으려고 애쓰는 모든 사람에게 이 말을 꼭 해주고 싶어요.

요가는 스스로에게 주는 가장 '능동적인 휴식'입니다.
요가는 바쁜 일상 속에서 자신을 위해 찍는 '쉼표'입니다.
요가는 몸의 뱃살보다 '정신의 뱃살'을 우선합니다.

이 책은 빼어난 요기의 수련 지도법이 아니에요. 드라마틱한 성장기는 더더욱 아니고요. 지극히 감정적인 한 사람이, 자신의 결대로 수련해나간 삶의 기록에 가깝다고 할 수 있어요. '감정'은 억누르고 다스리려고 하기보다 자신에게 가장 잘 어울리는 방법으로 이해하고 기다려줄 때 지혜로워진다는 걸 이제 조금은 알 것 같아요.

호흡과 함께 바라보고 어루만지고 달래며 빛이 있는 쪽을 향해 나아가는 일, 그게 '요가 수련'이고 '삶을 대하는 태도'가 되면 좋겠어요. 더 늦지 않게 이만큼 알아차리게 되어 참 다행이란 생각이 들어요. 몸은 마음이 머무는 곳이라 마음이 아플 때 몸도 따라 아파요. 그럴 때면 '통증'이 내 영혼의 성소에서 보내오는 신호라는 게 점점 더 또렷하게 느껴져요.

지금 이 순간, 외로운 섬 우주를 떠도는 별인 세상의 모든 분들에게, 내 안에 존재하는 영혼이 머리 숙여 경배합니다. 진흙탕 속에서 피어 올린 한 송이 연꽃, 한 송이 우주인 내 앞의 당신과 지구별의 모든 생명체, 그리고 나 자신에게 한없이 다정한 기척을 보내드립니다.

나마스테.

2021년 봄,
두 손 모아 김윤선 드림

✳ 차례

제1장

달라도
너무 다른
감정의 온도

우는 마음을
가만히 안아주는 사이
겨울이 가고 봄이 왔습니다

아픈 코끼리

부엌에 난 작은 창으로 키 큰 포플러나무가 잘 보이는 아파트에 산 적이 있다. 지은 지 오래된 보통의 아파트였으나 설거지를 하다가도 창밖의 나무를 볼 수 있어 살수록 마음에 드는 곳이었다. 어떤 날은 나무 꼭대기까지 날아와 앉은 새들을 그 눈높이에서 볼수도 있었다. 차 한 잔을 들고 그림 앞에 있듯 머물던 창가에서였다. 그러던 어느 날, 그 힐링 카페 같던 창의 방충망을 내 손으로 망가트리고 말았다. 아니, 내가 아닌 내 속의 약에 취한 코끼리가. 그것도 아주 독한 약에 취해 통제 불가의 난폭해진 코끼리, 두려움을 감추기 위해 '화火'라는 옷을 껴입은 아프고 약한 코끼리의 소행이었다.

　가까운 사람과의 불화 탓이었다. 불화할 수밖에 없는 문제 앞에 릴레이 하듯 틈만 나면 충돌하던 때였다. 어느 순간 화라는 감정은 유기 생물체처럼 몸을 키워갔고, 위험을 감지한 이성의 레이더가 화를 꾹꾹 눌러 어느 구석엔가 겨우 숨겨놓았다. 하지만 참았던 화는 나도 모르는 사이에 괴물처럼 부풀어 올라 있었고, 마침내 그 특별한 창을 향해 화의 칼날을 찌르고 말았다. 정신을 차리고 보니 사납게 찢긴 구멍 하나가 방충망에도, 내 마음에도 뚫려 있었다.

　오래된 일이지만, 그때 설거지를 하다 말고 화에 북받쳐 날뛰었던 '감정'은 생각할수록 무섭다. 그리고 미안하다. 치밀어 오르는 화를 어떻게 대해야 하는지 몰랐던 젊고 우울했던 나에게, 찢긴 방충망에게. 그리고 말없이 뿜어내는 화라는 감정 때문에 더 많이 다쳤을지도 모를 공간, 그 사람에게도 미안하다. 화를 밖으로 뿜어서 풀어낸 게 아니라, 실은 독을 내 안으로 삼킨 것이다. 독에

취한 코끼리가 되어 자신을 찢었던 거다. 그 무렵 진화를 거듭한 화는 괴물이 되어 한번은 방충망을 찢었고, 그다음엔 내 왼쪽 손목을 다치게 했다. 나는 이런 사람이었다.

완전하진 않지만 이제 어느 정도 화의 정체를 알 것도 같다. 내 속에서 감정이 끓어오르면 가장 먼저 호흡에 영향을 준다는 것을 요가를 통해 알게 되었다. 약에 취한 코끼리는 병들어 아픈 코끼리일 뿐이었다. 아무리 내 안에 들어와 휘젓고 다녀도 흔들리기보다 그 취한 코끼리를 안아주면 될 일이었다. 이렇듯 취한 코끼리의 감정은 화를 객관화하려는 순간부터 힘을 빼기 시작한다. 그러다 스르르 연기처럼 사라져버린다.

"선생님은 도인 같아요."
어느 날 한 수련생에게 이런 말을 듣고 슬며시 웃고 말았다. 당시엔 나도 화를 못 참아 칼을 휘두르던 무서운 사람이었다고 말은 못 했지만, 지금은 이런 얘기를 내 입으로 털어놔도 담담하다. 자랑할 일도 아니지만, 그렇다고 부끄럽지도 않다. 잘된 수련의 자세뿐 아니라 잘 안 되는 자세, 쓰러지는 순간의 자세조차도 '완전한 조화'를 향해 가는 여정이기 때문에 둘 다 소중하다. 기쁘고 사랑하는 감정만큼이나 슬프고 화나고 미워하는 감정 또한 나의 일부이다. 그렇게 천천히 길들여가는 중이다.

발바닥이 땅의 감각을 온전히 느낄 수 있게 정성을 기울여 걷는 시간이 참 좋다. 천변을 걷다가 만나는 야생 오리들이 반갑다. 물가의 나무가 계절이 변할 때면 고유의 색으로 바뀌는 모습을 볼 수 있는 것도 고마운 일이다. 벤치에 앉아 고개를 젖혀 구름을 보거나 나무를 올려보는 순간도 좋다. 바쁘면 바쁜 대로, 일이 없으면 없는 대로 지금 살아 있음에, 여기에 존재하고 느낄 수 있음에 고맙고 또 고맙다.

지정 좌석

아내의 권유로 요가를 시작했던 회원이 수련 참석 두 번 만에 그만두게 된 일이 있었다. 이 일은 수련자이자, 안내자로서 내가 겪었던 꽤 극적인 사건이었다. 나는 여성 회원들을 배려해 남성 회원이 올 경우 지정 좌석을 마련했는데, 맨 앞줄 왼쪽 자리가 여러모로 적당했다. 다들 공감했고 그때까지 문제가 된 적이 없었다.

그런데 첫날보다 한결 더 적응된 태도로 그가 두 번째 수련하러 온 날 문제가 생겼다. 오래전부터 자신의 지정 좌석이라고 생각해온 여성 회원이 신입 남성 회원에게 불만을 터뜨린 것이다. 그녀는 '누가 자기 앞에서 수련하면 불편하고, 다운 독 자세를 할 때 누군가의 시선이 닿는 것도 싫고, 남성 회원이 자기 앞에 있는 것도 싫다'고 했다. 팽팽히 맞선 두 사람의 감정 앞에 '이해와 배려'라는 감정의 기적은 일어나지 않았다.

여성 회원에 이어 남성 회원도 감정을 터트리기 시작했다. 급기야 도저히 수련을 못할 것 같다고 얼굴을 붉히며 요가원을 나가 버렸다. 그 소동에 평온해야 할 수련 수업은 시작도 못한 채 시간이 흘러가고 있었다. 나는 오랫동안 함께해온 여성 수련생에게 실망감을 느끼게 되었다. 다른 이에 비해 늘 자세 교정이 필요했고 부족함이 보이기에 최선을 다해 살피던 수련생이었다. 그런데 막 요가에 입문하려는 남성 회원에게 보여준 태도는 그동안 내가 잘 알고 있다고 믿었던 그녀의 모습이 아니었다.

자꾸 머릿속에서 일어나는 이런저런 생각을 정리하고 겨우 수련을 시작하려는데, 이번엔 출입문 쪽에서 날 선 여성의 목소리가 들려왔다.

"왜 내 남편이 요가를 하다 말고 못하겠다고 돌아왔죠?"

그때 나는 폭풍처럼 쏟아내는 감정의 소나기를 담담히 다 맞아야 했고, 거듭 사과를 한 후 수련비 전액 환불을 처리해준 끝에야 사건을 마무리할 수 있었다.

웬만해서는 늦어진 적 없는 수련 시간을 30분이나 넘겨 시작했다. 목과 어깨의 힘을 더 빼야 했고 호흡은 더욱 느리고 깊어야 했다. 외부의 자극들로 인해 시끄러웠을 모두의 내면에 들어온 소란한 감정들을 들숨과 날숨의 호흡과 함께 비우기 시작했다. 서서 가슴을 열고 대지를 향해 숙이고, 앉아서 가슴을 열고 숙이고, 누워서 비틀고, 마침내 사바아사나^{송장 자세}까지, 마무리 명상과 옴 만트라까지 마치고 나니 비로소 할 일을 제대로 마친 것에 대한 안도감이 왔다. 직장인들을 위한 밤 수련이었고 이미 늦은 데다 더는 수련 전의 사건에 대해 입에 올리고 싶지도 않았다.

다음 날 오전 수련 시간, 그녀가 나왔다. 수련을 마친 회원 몇이 빠져나가고 어제의 주인공과 또 다른 회원인 로사가 남았다. 그런데 갑자기 감정이 장난을 치기 시작하는 게 아닌가. 전날 그 아수라장 속에서 상황을 잘 정리하고 멋지게 수련까지 잘 마쳤기에, 스스로에게 잘했다고 칭찬까지 해준 터였다. 어느 구석에 숨어 있던 것인지 거칠 대로 거칠어진 감정이란 녀석이 갑자기 꿈틀대기 시작했다. 셋 중 누군가 어제의 상황을 다시 꺼낸 것이 발단이라면 발단이었다.

"선생님이 저를 그렇게 대할 줄은 몰랐어요. 오랫동안 알아온 저를 그 사람과 똑같이 대해주시다니, 저를 특별하게 여기시는 줄 알았는데 섭섭해요. 제 편을 들어줬어야 하지 않았나요?"

내 귀에 들려온 그녀의 말이었다.

결국 나는 화를 터뜨리고 말았다. 지혜롭게 다스렸다고 착각한 어제의 감정이 다시 나타나 고요하던 마음을 날뛰게 했다. 그리고 비수처럼 쏘아붙였다.

"지금껏 수련자로 살면서 늘 공정하게 대했어요. 당신은 어떤 자격으로 여러 사람의 수련 시간을 빼앗는 거죠? 내가 요가 수련을 할 때 당신에게 주었던 시간과 마음을 어떻게 받아들인 거예요? 누구라도 내게 수련의 도움을 받으러 오는 사람은 소중하고, 모두가 공평해요. 당신은 어른답지 않군요."

지금 생각해보면, 나는 아마 가르치려는 자의 에고^{ego*} 가득한 자세로 그녀에게 퍼부었을 것이다. 물론 그녀도 듣고만 있지 않았지만, 사랑과 이해가 없는 내 독한 설교만큼은 아니었던 것 같다.

　그러지 말았어야 했다. 분별하고 판단하고 비난하지 말았어야 했다. 그 순간에 터뜨려 쏟아낸 감정들은 재활용할 수도 없는 쓰레기일 뿐이었다. 그가 내 앞에서 어제의 감정을 쏟아낼 때는 내 위로를 원했을 것이다. 따스한 말 한마디, 이해의 말 한마디만으로도 다 괜찮았을 것이다. 요가 선생으로서는 말할 것도 없고, 인간으로서 지혜롭지 못했다. 비난과 평가는 오직 신의 영역이란 걸 그때는 몰랐다. 며칠 후 수련생이자 벗이기도 한 로사가 "쌤, 그때 너무 무서웠어요"라고 말할 때도 나는 당연히 해야 할 말을 했고, 그녀는 마땅히 들어야 할 말을 들었다고 생각했다. 아니, 그 후로도 한참 동안 무엇이 잘못이었는지 알지 못했다.

---

* 자아. 곧 자기 자신의 중요성과 능력에 대한 느낌으로, 자신의 이익만 염두에 두며 사회적인 이익은 생각하지 않는 태도를 일컫는다.

그 일로 그녀는 나를 떠났다. 아마 많이 상처받았을 것이다. 내가 아무리 배낭 속에 먹이를 갖고 다니며 배고픈 길고양이와 찻길에서 절룩거리는 비둘기를 그냥 못 지나친다고 한들, 그게 무슨 대수란 말인가. 내 배낭이 무거웠던 건 고양이들에게 줄 사료 때문이 아닌 내 안에 가득 찬 에고 때문이었을 거다. 어느 날 노트북 파일을 정리하다 그녀와 함께 찍은 사진을 발견했다. 당시 회원들과 강남의 어느 채식 뷔페에서 점심 모임을 할 때 사진이었다. 내가 찍은 사진 앵글 속에서 그녀는 환한 미소를 짓고 있었다. 만약 그때 내가 치고 올라오는 감정에 조금만 시간을 주고 거품이 사라지길 기다렸더라면 어땠을까?

이 일이 나에게도 상처가 아니라고 말할 수는 없을 것 같다. 뼈 아픈 후회와 반성, 그리고 아쉬운 맘이 지금도 다 사라지진 않았다. 하지만 새삼 미련의 감정을 꺼내고 싶지는 않다. 그때 그 시절의 인연이 그러했다고, 지금은 그때보다 지혜로워졌다고, 아니 더 나아지는 중이라고 믿기로 한다. 다만 그가 어디에서 무얼 하며 살아가든 늘 건강하고 행복하기를 진심으로 기도한다. 나마스테!

다정한 타인

때로는 스쳐 지나는 타인에게 위로를 받을 때가 있다. 어떤 이해
관계도 없는 사이에서 배어 나오는 친절은 사소한 것이라 해도 오
래 여운으로 남아 주위를 향기롭게 한다. 오전 수업을 마치고 오
는 길이었다. 건널목에서 신호등이 바뀌기를 기다리고 있는데 누
군가 조심스럽게 기척을 보내는 게 아닌가. 처음엔 낯선 사람에 대
한 경계심을 갖고 고개를 돌렸는데, 뜻밖의 말이 건너와 이내 내
경계심이 허물어졌다.

"저기, 배낭 지퍼가 열려 있어서요."

열린 지퍼 사이로 물건이 떨어질지도 몰라 걱정스러웠는지, 타인은 그냥 지나칠 수가 없었던 거다. 고맙다는 인사를 하고 돌아서는데 따스한 그 무언가가 마음 한쪽에 차오른다. 부드럽고 환하고 말랑거리는 느낌이었다. 〈다정한 타인〉이라는 시는 그때 신호등 앞에서 가방 지퍼를 닫아주던 사람이 남겨준 시詩다.

다정한 타인과 마주친 격동의 2008, 2009년은 여태껏 살아오며 가장 바쁘고도 불안한 시기였다. 시련을 통해 거듭나게 된 참고마운 시기이기도 하다. 경매 사무실, 법원, 변호사, 야간업소 운영자 등등 살아오며 생전 마주칠 일이 없을 것 같던 사람들과도 만날 일이 연달아 생기곤 했다.

"숨을 들이쉬고, 숨을 내쉬고."

"긴장을 풀고, 가슴을 펴고."

"마음을 열고, 무릎을 펴고."

"육식을 줄이고 채식을 하세요."

요가 수업을 많이 했던 그때 당시에 앵무새처럼 반복해서 가장 많이 했던 말일 것이다.

2009년 2월, 움직이는 명상의 지향점을 보여주는 요가 시집을 출간했다. 비건 생활방식을 선택해 살기 시작한 것도 그해 2월부터였다. 음식을 바꾸었더니 분노가 사라지기 시작했다. 세상에 대한 억울한 감정도 희미해져갔다. 다친 상처에 깨끗한 거즈를 덮어주듯, 요가 수련과 비건식과 명상을 생활 속에 들여오니 모든 게 다 괜찮아지기 시작했다. 수련과 집, 해결해야 할 일들 사이를 오가는 일상이었다. 다람쥐 쳇바퀴처럼 돌아가는 일상 같다는 불만 대신 무사히 하루를 살 수 있음에 감사하다는 마음이 들어오는 게 신기했다. 내 수련을 기다리는 타인과의 약속을 지키며 살아가는 것 또한 수련과 다르지 않았다. 불안과 평온은 종이 한 장 두께보다 얇은 감정의 상태에서 오는 것이었다.

　얼마 전에는 한 손으로 유모차를 밀고 반대쪽 손으로는 반려견을 산책시키는 여성의 불안한 걸음을 그냥 지나치지 못한 적이 있었다. 예전 같으면 일 자체의 어려움보다 상대가 어떻게 받아들일까 하는 우려 때문에 망설이거나 하지 않을 일이었다. 하지만 누군가 내게 준 다정한 타인의 기억은 또 다른 온기의 힘으로 또 다른 타인에게 전해지는 중인 듯싶다.

나는 아기가 탄 유모차를 조심조심 밀고, 내 옆에서 아기 엄마는 강아지 목줄을 잡고 함께 걸었다. 산책로를 벗어나 아파트 입구로 이어진 경사 길이 불안해 보여 언덕까지 밀고 올라가니, 미안해서 어찌할 줄 몰라 하던 아기 엄마. 여기서부터는 혼자 갈 수 있다고, 어서 가시라고 자꾸 인사를 해왔다. 그러는 동안 아기는 한 번도 깨지 않을 만큼 깊이 잠들었고, 그사이 강아지를 안전하게 산책시킬 수 있었다. 아기 엄마는 원피스 차림, 나는 스트라이프 셔츠 차림이었는데, 그 후 벌써 두 계절이 지나고 있다. 봄이 오고 천변 나무에 물이 오르기 시작할 무렵, 다정한 타인들끼리 한 번쯤 마주치면 좋겠다. 부디 그때 서로 알아볼 수 있기를.

슬픔이 밀려올 때

감정적으로 성숙해진다는 말은 듣기만 해도 멋있다. 그런데 '감정'이란 나이가 든다고 해서 성숙해지는 게 아니기에 우리 앞에 큰 숙제로 남게 되나 보다. 최근에 살면서 가장 슬펐던 일은 사랑하는 반려 고양이 '초원이'를 영영 떠나보낸 거다. 어느새 햇수로는 2년, 만으로는 1년 전의 일이다. 견디기 힘들 정도로 큰 슬픔의 감정이었다. 몸과 마음을 가눌 수도, 아니 가누기도 싫었다. 누가 '초원이'란 이름을 부르기만 해도 눈물이 쏟아졌고, 가슴이 찢어질 듯 아팠다. 슬픔의 감정은 원망의 감정을 수시로 불러오기도 했다. 초원이의 마지막 길을 내 품에서 보낼 수 없게 만든 원인 제공자가 그 동물병원 의사라는 생각은 증오보다 더 무서운 감정까지 불러왔다. 경험도, 자신도 없으면서 온갖 종류의 불필요한 치료를 다 받게 해 고통을 주었다는 것. 그리고 이 또한 상업적 계산이 개입되었을 거란 부정적인 확신이 눈덩이보다 더 커지던 때였다. 도대체 왜 하필이면 텔레비전에서도 소개되었던, 하지만 이미 퇴사하고 없는 그 의사의 병원을 찾아가 온갖 신뢰 속에 아이를 입원시켰는지, 왜 겉으로 보이는 평가만 보고 병원을 선택했는지 후회와 자책을 멈출 수가 없었다.

가을 숲 단풍이 든 나무 아래에서 시를 쓸 때였다. '초원이는 집사를 향한 그리움에 병들어가고 있었겠지' 하는 생각과 함께 자책이 몰려왔다. 거울을 보는 게 겁날 정도로 몸도 마음도 어두워져 갔다. 도저히 요가 수업을 진행할 수가 없어서 한동안 휴강을 한다는 문자를 겨우 회원들에게 보냈다. 의도치 않은 일이지만 나도 모르게 그 문자 속에 내 슬픔의 감정이 전이되었을 것이다. 11월에 떠난 초원이를 화장해서 작은 한지 유골함에 담아 겨울이 지나고 완전한 봄이 올 때까지 데리고 있었다. 스마트폰 속에 저장된 많은 초원이의 사진을 어쩌다 가끔 지우기도 했지만 차마 다 지울 수가 없었다. 아직도 가끔은 초원이의 귀여운 코와 입에, 아니 차가운 폰 화면에 내 얼굴을 맞대보기도 한다. 너무 보고 싶어서 꿈에라도 한 번 나와주기를 바랐지만, 초원이는 꿈에서도 나오지 않았다. 아마 나보다 더 감정 정리를 잘하고 간 듯하다.

슬퍼하는 일 말고는 할 수 있는 게 없었다. 그래서 생각해낸 게 약한 존재들, 고통받는 동물들을 위한 보호 단체에 초원이의 이름으로 기부하는 거였다. 초원이가 내 곁에 있을 때는 나 살기 바쁘다는 이유로 미처 생각하지 못한 일이었는데, 초원이가 하늘에서 그렇게 시키는 것 같았다. 무언가 더 나은 사람이 되라고, 그만 좀 슬픔의 탈을 쓴 집착의 감정에서 빠져나오라고, 정신을 차리라고 말하는 것만 같았다.

5월 5일 어린이날은 초원이의 아름다운 영혼을 큰 나무 아래 묻어준 날이다. 봄꽃들이 만발하고 훈풍이 불 때마다 꽃향기가 날리는 늦은 밤이었다. 우연히 누군가를 만나고 헤어지는 일, 우연히 어딘가에 가서 머물고 감동하는 일, 또 우연히 어느 곳에서 수련을 지도하거나 지도받게 되는 일, 가족이 되어 함께하는 일, 벗이 되는 일. 결코 영원하지 않을 그 순간들을 생의 마지막이듯 소중히 대해야 한다는 걸 나의 초원이를 통해 배웠다.

그렇다 해도 인간은 망각의 동물이라서 여전히 집착하고, 따지고, 내 생각만 한다. 남에게 엄격하고 나에게 관대하다. 진정한 요기의 길이란 요가 수련자만의 삶만을 의미하는 건 아니다. 그것은 결국 후회하지 않을 인간의 길이며 마지막을 준비하는 자세이다. 요가 수련자들이 송장 자세를 중요하게 다루는 까닭이 여기에도 있다고 본다. 삶에 따스한 양지, 안온한 평지만 있다면 수행과 수련의 길에 대한 절실함이 덜할 것이기 때문이다.

초원이란 예쁜 이름은 예전에 살던 동네 이름인 초원 마을에서 구조했기에 별 고민 없이 지었던 이름이다. 사슴처럼 날래고 예쁜 삼색 냥이었다. 구조한 후에도 약 2주 정도를 '끝까지 함께할 수 있을까?' 하는 이기적인 고민 끝에 가족이 되었는데, 그런 나를 아무 조건 없이 9년간 사랑해준 뒤 초원이 펼쳐진 천국으로 떠났다. 대개의 고양이들이 그렇듯 초원이도 창가에 앉아 명상하기를

즐겼다. 식빵 굽는 것처럼 두 발과 두 손을 가지런히 정돈한 채로 무심히 밖을 바라보곤 했다. 도대체 잡념이라고는 없는 것처럼. 충전하듯 햇빛 속에서 미동 없이 있다가, 앞발을 앞으로 쭉 뻗어 목부터 어깨, 척추부터 골반, 엉덩이부터 바닥을 짚은 뒷발까지 시원한 움직임으로 이어지는 요가 자세인 '고양이 자세'로 긴 명상에서 깨어나던 초원이. 이 시적인 아이를 생각하다 문득 윌리엄 워즈워스의 시 〈초원의 빛〉이 떠올랐다.

여기 적힌 먹빛이 희미해질수록
그대를 향한 마음 희미해진다면
이 먹빛이 하얗게 마르는 날
나는 그대를 잊을 수 있겠습니다.

초원의 빛이여.
꽃의 영광이여······.
다시는 돌아갈 수 없다 해도 서러워 말지어다.
차라리 그 속 깊이 간직한 오묘한 세월을 찾으소서······.
초원의 빛이여.

그 빛 빛날 때 그대 영광 빛을 얻으소서.

한때는 그토록 찬란했던 빛이었건만

이제는 덧없이 사라져 돌이킬 수 없는

초원의 빛이여

꽃의 영광이여.

다시는 찾을 길 없더라도

결코 서러워 말자…….

우리는 여기 남아 굳세게 살리라…….

존재의 영원함을

티 없는 가슴에 품고…….

인간의 고뇌를 사색으로 달래며

죽음의 눈빛으로 부수듯

티 없는 믿음으로 세월 속에 남으리라…….

– 윌리엄 워즈워스 〈초원의 빛〉

그러고는 이상하게 이 시의 첫 줄을 필사하려는데 명치끝에 매

달려 있던 슬픔의 감정이 정리되는 것 같았다. 비로소 빛을 향해 한 발자국 나아가는 듯하다. 이 시를 천국에 있는 초원이에게 보낸다.

1인용 텐트가 필요할 때

말을 너무 많이 하고 돌아설 때, 마음의 자리에 충만함이 아닌 공허함으로 가득 채워지는 것은 왜일까? 하물며 직업적으로 꼭 말을 많이 해야만 하는 직장인들은 어떻겠는가. 감정 노동을 동반해야 하는 '말'은 많이 한 만큼 스트레스로 돌아와 자신을 지치게 하고, 쉬고 싶다고, 침묵하고 싶다고, 이런저런 신호를 몸과 마음에 보내온다.

그럴 때는 세상이라는 거대한 텐트에서 잠시라도 벗어나 '자발적 고립'을 해야 한다. 1인용 텐트를 쳐야 할 시기가 온 것이다. 그러나 복잡한 현실 속에서 쉼을 위한 고립을 선택하는 게 쉬운 일은 아니다. 먼 숲이나 바닷가 근처로의 고립은 드라마에서나 가능한 일. 하지만 집 안에서 최소한의 공간에 작은 텐트를 치는 건 마음먹기에 따라 그리 어려운 일은 아니다. 정갈한 면 방석과 몸하나 감쌀 수 있는 포근한 담요, 좋아하는 향을 놓아두는 것도 좋다.

소박하게라도 나만의 공간이 생긴다는 건 괜찮은 일이다. 말을 멈춘 채, 외부의 소리와 자극으로부터 멀어져 있다 보면 뭔지 모를 아늑함이 느껴진다. 비로소 자신의 숨소리도 들려온다. 아무 것도 하지 않고 그저 머물기만 해도 충전이 된다. 애쓰지 않는 시간을 가져보는 것이다. 명상의 오두막이 생기는 것이다.

한때 '열심히 일한 당신, 떠나라'라고 하던 광고가 있었다. 하지만 요즘처럼 떠나는 일이 만만치 않을 때는 '열심히 일하며 말을 많이 한 당신, 1인용 텐트 속으로 들어가라'라고 하고 싶다. 마음이 피로하면 몸도 피로해진다. 그렇게 피로해진 몸과 마음은 영혼의 자리에도 영향을 준다. 이것이 가끔 어머니 대지의 한가운데, 우주 속 한 점인 나로 돌아가 아무것도 하지 않고 가만히 있어 보는 그런 시간이 필요한 까닭이다.

무얼 돌아보겠다는 생각, 어떻게 살아보겠다는 그 모든 생각으로부터 벗어나보는 일. 그 순간의 자기 자신을 바라보는 일. 그저 거기 존재하는 일. 그러다가 본래 자기 안에서 일어나는 맑고 환한 영혼의 빛을 만나는 일. 이것이 스스로 빛나는 고독을 선택한 자발적 고립의 상태, 지금의 우리에게 필요한 명상이 아닐까.

제비꽃은 제비꽃답게

살아가면서 질투의 감정을 못 느껴본 사람이 있을까? 물론 있을 수도 있지만, 그렇다면 그는 아마 인간의 영역을 벗어나 신계에 속할 만한 존재가 아닐까 싶다. 최근 많은 이들에게 사랑받는 그 유명한 BTS의 음악을 찾아 듣다가 이들에게조차 익명의 악플이 달린 걸 보고 '질투'의 감정을 떠올리게 되었다. '사촌이 땅을 사면 배가 아프다'라는 속담이 있는데, 괜히 나온 말이 아닌 듯하다. 질투는 자신을 타인과 비교하면서 생기고, 결국 감정의 소모를 불러온다. 자연 속에 존재하는 생명들은 한결같이 그 자체만으로 자연스럽고도 아름다운데, 왜 남과 비교하는 걸까?

　　요즘은 사회 관계망 서비스를 이용하는 일이 특별한 일이 아니다. 자연스레 SNS를 보며 영상 속 타인의 일상을 살피곤 한다. 그 사람이 어디에 가서 무얼 먹었는지, 어떤 사람을 만났는지, 어떤 스타일의 옷을 입었는지를 본다. 그리고 자연스레 그 사람과 자신을 비교하기도 한다. 물론 조화롭게 이용하는 예도 있겠지만. 한번은 비건Vegan을 검색했더니 애플힙을 가지려고 어떤 노력을 했는지, 어느 브랜드의 닭가슴살 샐러드를 먹었는지, 그 결과로 만들어진 현재 자신의 강조된 몸 상태를 포스팅 한 게 나와서 본 적이 있다. 완전 채식을 지향하는 비건이 닭가슴살이라니, 웃기고도 슬픈 현실이 아닐 수 없었다.

　　SNS상에서는 괴리감이 느껴질 정도의 비현실적인 몸이나 아주 편한 표정으로 고난도의 자세를 보여주는 영상들을 흔히 볼 수 있다. 멋진 근육과 탄탄한 몸을 돋보이게 해주는 유명 브랜드의 요가복, 매트, 기구들, 과감한 노출까지도. 그 모습에 우리는 홀린 듯 팔로우를 하기 시작한다. 유명 브랜드의 상품을 사용하면 영상 속 인물처럼 될 수 있을 것만 같다는 생각에 그곳에 링크된 쇼핑몰 주소로 들어가보기도 한다. 감탄하고, 저장하며, 무언가 그들에게 배울 수 있다고 생각하면서. 하지만 시간이 지나면 그 영상을 저장했는지조차 잊어버린다. 조직적인 그 비즈니스 시스템은 대놓고 개인의 소중한 시간을 빼앗아간다. 과시와 자랑과 상업적인 홍보를 교묘하게 포장해 사람들이 진심으로 믿고 현혹될 수 있게 한다. 또 하나의 자본시장이 만들어지는 것이다.

> 꽃들은 남을 부러워하지 않습니다. 제비꽃은 결코 진달래를 부러워하지 않고, 진달래는 결코 장미를 부러워하지 않습니다. 있는 그대로 자신을 한껏 꽃피우다가 떠날 시간이 되면 아무 말 없이 떠나갑니다. 만일 제비꽃이 진달래를 부러워하고 진달래가 장미를 부러워한다면 꽃들의 세계에서도 인간들과 똑같은 불행한 일들이 일어나고 말 것입니다.
>
> – 정호승 《내 인생에 힘이 되어준 한마디》 (비채)

우연히 만난 책 속의 문장에서 자기 꽃송이가 작다고 자기보다 송이가 큰 장미를 부러워하지 않는다는 제비꽃을 만났다. 제비꽃은 제비꽃대로, 장미는 장미 자체로 가장 잘 어울리는 향기와 모습으로 존재할 뿐이다. 남들이 잘 몰라주는 것 같고, 다른 사람이 잘나가서 자신이 자꾸 뒤처지는 것 같은 생각이 든다면, 그 모습 그대로 사랑스러운 제비꽃을 떠올려보는 건 어떨까? 꽃 피는 시간이 다를 뿐이지, 피어날 꽃은 반드시 피어나게 마련이다. 아직 나도 모르는 내 안의 가치를 찾지 못했을 수 있다. 그러니 누구나 그 자리에서 가장 잘 어울리는 자신의 빛깔과 향기로 고유한 삶을 살면 될 뿐이다.

가방의 무게

누구나 여행을 떠날 때 가방을 챙긴다. 그리고 가방에 무엇을 넣어갈지 정한다. 여행 가방을 잘 꾸리는 사람이 있는가 하면 그렇지 못한 사람이 있다. 꼼꼼하게 잘 챙겨 싼다고 해도 목적지에 도착해 풀어보면 가져왔어야 할 것이 빠져 있거나 없어도 될 것들로 가득 차 있기도 한다. 가방이 크다고 잘 꾸리는 것도 아니다. 짐이 가벼운 여행자의 발걸음은, 자신은 물론 보는 이조차 가벼운 느낌을 갖게 하니까 말이다. 늘 무겁게 다니던 때가 있었다. 가방 속 풀지 못한 짐처럼 감정은 곧 요동칠 태세로 마음 한 켠을 채우고 있었다. 짧은 여행이든 긴 여행이든 내 감정의 가방은 늘 무거웠었다. 그 가방을 가지고 다니느라 한쪽 어깨는 언제나 눌려 있었을 것이다.

크리스마스가 다가오는 12월의 어느 요가 수련 시간, 엔야의 「져니 오브 더 엔젤스Journey of the Angels」를 틀어놓은 적이 있었다. 뉴에이지라는 장르에서 엔야는 많은 사랑을 받아온 아티스트이다. 웬만한 엔야의 곡은 거의 다 들었다고 생각했는데 그날의 음악은 다른 때보다 더 아름다웠다. 여행이라는 뜻의 'Journey'가 들어간 제목도 특별하게 다가왔다. 한 사람이 태어나서 살아가고 죽음을 맞이하는 삶의 여정이 여행과 다르지 않다면, 해가 뜨고 기울어 서쪽 하늘에 노을빛을 남기며 사라지는 하루의 일상도 여행과 다르지 않을 것이다. '요가 수련' 또한 시작을 명상으로, 앉은 자세에서 선 자세로, 태양 예배 수련 후 흐름에 따라 여러 자세를 거쳐 마지막 자세로 마칠 때까지가 여정이자 여행인 것이다.

"오늘도 정성과 집중을 모아 여행을 시작하기로 해요"라는 말과 함께 수련하고 송장 자세를 거쳐 명상으로 마무리할 무렵, 창밖에는 눈송이가 흩날리고 있었다. 다들 눈을 감고 있었지만 평온, 이완, 행복, 이런 단어와 에너지가 수련생들의 주위에 맴돌고 있음이 느껴졌다. 저기 보이는 창밖 눈발 속으로 천사가 날고 있을 것만 같았다. 타인의 행복이 나에게 전이되어 비현실적으로 느껴질 만큼 행복한 순간이었다. 요가 수련을 하기 전에는 대부분 나 자신의 안위와 즐거움만을 위해서 살았다. 그런데 요가 수련을 통해 사람들과 나누며 이타적인 마음이 생기고, 이 또한 소중하고 고마운 감정임을 알게 되었다.

좀처럼 나라 밖으로 여행을 떠나기 힘든 계절이 이어지고 있다. 이런 날이 언제 끝날지는 아무도 모른다. 하지만 조금 생각을 바꿔보면 내 삶의 여행, 조금 거창하게 말하면 인생의 여행길에 대해 깊이 집중해보기에 적당할 때이다. 내 여행 가방에 무엇을 넣고 무엇을 뺄지, 진심으로 가볍고 자유로워지기를 원한다면 무얼 해야 할지 계획을 세워보는 시기인 것이다. 그마저 복잡함이 느껴진다면 한동안 그 느낌 그대로 새로운 마음이 차오를 때까지 아무것도 하지 않아도 좋다. 겨울에 집콕 하며 이 곡을 듣고 눈발 날리는 겨울 속으로 잠시 날았다가 돌아온다면 그것도 나쁘지 않겠다.

12월이 되면 눈 깜짝할 사이에 올해가 끝났다고 허탈감을 뱉어내는 소리가 여기저기서 들려온다. 시간의 허망함 앞에서 자유로울 사람은 세상 어디에도 없을 터. 나도 그렇다. 그러나 뜻밖에 어떤 음악이 다가와 '아, 이 음악이 너무 좋구나' 하고 느껴지는 순간 또 행복하다. 보드랍고 어여쁜 감정의 결이다.

그렇게 유한한 시간들 속에서 만나는 순간순간들이 하루가 되고 한 달이 된다. 그 한 달이 1년이 되고 우리의 일생이 된다. 행복한 삶의 조건이란 무엇일까. 내가 뭐라고 그걸 말할 수 있겠는가. 그저 매 순간을 내 마음이 좋아하는 길을 따라 살면 그뿐. 그리고 오래된 서랍 속에서, 원래 있었는데 몰라봤던 보물을 꺼내듯 엔야의 음악, 오래전에 좋아했는데 잊고 있었던 음악을 찾아 들어보는 것도 좋겠다고 생각해보는 것이다.

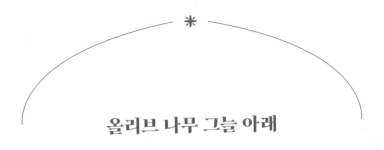

올리브 나무 그늘 아래

이란 영화 〈올리브 나무 사이로〉를 본 후 한동안 짙푸른 올리브 나무 숲 그늘을 떠올렸다. 숲을 경계로 눈부시게 환한 빛과 짙은 숲 그늘이 펼쳐지던 영상이 꽤 인상적이었기 때문이다. 올리브 나무 그늘에서 요가 수련을 하는 모습도 그려보았다. 요가 매트 한 장 펼 공간만 있으면 어디에서나 할 수 있는 게 요가 수련이건만, 자연이 아름답거나 특별한 어떤 장소를 보면 수련생들과 함께 나누고 싶은 생각이 들었다. 영화 속에서, 학교 수업을 마친 주인공 소년이 검푸른 숲을 지나고도 한참을 걸어 집으로 돌아가던 장면은 오래도록 기억에 남아 있다. 중동 소년들의 움푹 들어간 검은 눈자위 아래 드리운 눈 그늘은 올리브 나무 숲속의 그늘과도 많이 닮아 있었다.

'누워서 허리 비틀기 자세_{숩다 마첸드라아사나}'는 잠들기 전이나 잠자리에서 일어날 때 가볍게 해주어도 좋은 자세이다. 척추를 곧게 펴고 등을 바닥에 붙인 채 누워, 왼쪽과 오른쪽으로 방향을 바꿔 허리를 비틀어보는 자세다(부록 참조). 척추 측면의 유연성을 높여줌과 동시에 통증을 가라앉혀준다. 간혹 마음에서도 비틀림의 감정이 말을 걸어올 때가 있다. 그럴 때는 무슨 말을 왜 하고 싶어 하는지, 비틀린 감정이 전하려는 말에 시간을 주고 귀 기울여볼 필요가 있다. 어떤 일을 마주하면서 때마침 들어온 비틀린 감정이 시키는 대로 움직이면, 의도치 않게 본래 내가 원하지 않은 방향으로 일이 진행될 수도 있기 때문이다.

누구나 마음이 시키는 일, 가슴이 뛰는 일을 하며 살고 싶고, 또 그렇게 살 수 있을 거라고 생각하지만, 막상 현실은 그렇지 못하다. 지금 현재의 삶에 만족하는 순간 행복이 찾아온다는 이 좋은 말은 맞는 말이기도 하지만 어떨 땐 그저 말뿐에 불과하다. 마음에 다가오지 않는다. 직장인, 운영자, 남편, 엄마, 아내, 자식으로 의무를 다하며 살다가도 모든 게 무겁다고 느껴질 때가 있다. 다 알면서도 별것 아닌 일로 화가 나거나 감정이 꼬이기도 한다. 인정하고 싶지 않지만 대개 그 후에 남는 건 '자책'과 '후회'뿐이다. 기왕이면 감정을 우아하고도 기술적으로 쏟아내고 싶을 때, 내가 몹시 비틀어졌다고 느껴질 때, 마음속 은밀한 장소인 올리브 나무 그늘 아래 매트를 펴고 누워보는 건 어떨까?

오른쪽으로 한 번, 왼쪽으로 한 번. 이렇게 양쪽으로 번갈아 가며 꼬인 마음보다 더 멀리, 심하게 몸을 꼬고 비틀어보자. 그러면 곧 신기한 일이 일어난다. 고정된 자세로 순환이 미치지 못했던 곳에 혈액이 공급되며 차갑던 손이 따뜻해진다. 꼬인 기분이 풀어지는 것 같다. 누울 공간이 없으면 의자에 깊이 앉아 척추를 곧게 세운 채 양쪽으로 번갈아 비틀어보자. 척추의 긴장을 완화해줌과 동시에 사소한 움직임으로 마음도 한결 가벼워진다. 당장 풀려고 뭘 하는 게 아니라 풀어지기 좋은 상태로 만들기 위해 최대한 더 비틀고 꼬여져 보는 것이다. 오늘 자꾸 꼬이기만 하는 내 감정은 그럴 만해서 꼬이는 거다.

몸을 움직여보자.
꽈배기처럼 꼬아보자.
가능하면 아주 심하게.

두려움의 실체

요가 자세의 왕이라 불리는 '머리 서기 자세^{살람바 시르아사나}'는 발로 딛고 있어야 할 자리에 머리를, 머리 자리에 발이 있게 하는 자세다. 얼핏 머리로 온 체중을 받치고 있는 것처럼 보여서 대단해 보인다고 생각하기 쉽다. 하지만 바른 자세로 꾸준히 수련하게 되면 보이는 것처럼 어렵기만 한 자세는 결코 아니다. 거꾸로 곧게 서 있음을 유지하려면 중심 척추의 근력이 중요한데, 평소 좋지 않은 자세가 습관으로 배어 있다면 허리가 약해져 있기 십상이므로 이전의 자세 수련으로 에너지가 충분히 생긴 후에 시도해야 한다.

양어깨와 등은 물론, 몸 전체의 균형 감각과 근력이 다 쓰이기 때문이다.

'머리 서기 자세'를 할 때 주의를 기울여야 할 중요한 점이 있다. 두려움을 느끼는 감정의 실체를 객관화시켜 바라보는 것이다. 의지할 벽 앞에서 수련할 때와 그렇지 않을 때, 자세의 완성은 큰 차이를 보여준다. 벽이 있는 것을 확인한 후 몸을 들어 올릴 때는 흔들리지 않던 척추의 중심이, 벽이 없을 때는 흔들리기 시작한다. 두려움의 감정은 집요하다. 어느 정도의 수련 기간이 지나고 나면 벽 없이 시도할 수 있지만, 나 역시 그때가 되기까지는 넘어질까 두렵고 싫어서 벽 있는 곳에서만 자세를 취했었다. 헤어 나오기 힘든 게으름과 나태함, 두려움을 피하고 싶은 자기 합리화의 감정까지 보태면서 말이다.

이러다 영영 벗어나지 못할 수도 있겠다 싶었다. 그래서 꾸준히 한 걸음씩만 벽에서 멀어지기로 했다. 넘어졌을 때 생각보다 아프지 않았던 경험이 있기에 몇 번 나가떨어진다고 해도 괜찮을 거라고 스스로를 타이르면서. 그렇게 넘어질 것을 각오하고 자세 수련을 하자 중심 척추가 더 곧고 강하게 펴지는 느낌이 들었다. 어떤 날은 벽에서 두 걸음 떨어진 채로 수련을 했다. 그렇게 차차 벽에서 멀어지기 시작하자 짙게 드리웠던 두려움의 그림자가 점차 옅어지기 시작했다. 그러다 보니 마침내 중심으로 나가는 날이 찾아왔다. 넘어지는 일은 완성을 향해 가는 과정이었고, 자주 넘어지면 자주 일어나면 될 뿐이었다. 게으른 수련자는 그제야 어렵사리 장애물 하나를 건너게 된 것이다.

비로소 반다Bandha*를 잡게 될 여유가 생겼고, 자꾸 한쪽으로 기우는 것이 부족한 중심 척추의 힘 때문만이 아니라 어깨의 불균형 때문이라는 것도 알게 되었다. 절벽 앞에서 스스로 겁에 질려 무너지지 않으려면 두려움의 감정을 피하지 말고 바로 봐야 한다. 혼자 매트 위에 수없이 올라가 마주한 내 안의 내가 가르쳐준 것이다. 나를 힘들게 하고 내가 힘들다고 여겼던 세상의 일들, 어려운 요가 자세, 두려움이라 규정했던 상대는 결코 넘지 못할 벽

---

* '잠그다, 봉하다'라는 뜻으로, 체내에 기의 순환을 저장하기 위한 근육 수축을 말한다. 반다에는 우띠야나, 잘란드라, 물라 반다가 있으며, 일반적인 수련 시간에는 주로 물라 반다를 적용한다.

이나 절벽이 아니었다. 내가 넘어서야 할 것은 바로 나 자신이었다. 스스로가 대단하다고 느껴 넘어지기도 싫고, 무시당하고 있다는 느낌을 지우지 못하는 에고라는 감정이었다는 것을 겨우 알아차리게 된 것이다.

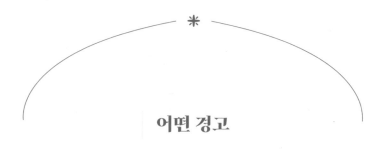

어떤 경고

'좋은 충고'라는 말 그대로 되려면 단순한 비판 혹은 자기과시가 아니어야 할 것이다. 그러니 누군가에게 충고하거나 충고받기가 점점 더 쉽지 않은 것은 당연한 일이다. 상대에 관한 관심과 애정, 경청이 바탕이 되어야 하기 때문이다. 심리적으로나 육체적으로 바쁜 게 일상이 되어버린 현대인들이 상대를 알기 위해 가져야 할 경청의 태도는 그 자체만으로 미덕이 될 만한 가치가 있다.

자연 속에 머물 때 느껴지던 평안의 순간, 애쓰지 않아도 절로 마음이 열리던 기억이 있다. 산 너머로, 수평선 너머로, 대지 위로, 빌딩 너머로, 어떤 배경에서도 일몰은 아름답다. 마지막 순간을 앞에 두고도 황홀한 빛으로 구름을 물들이고 사라져가는 태양이 우리에게 건네는 말은 완벽한 충고가 아닐 수 없다. 매일 걷는 천변 길에서 마주하던 일몰도 경이롭기는 마찬가지. 그저 오리들 몇몇이 헤엄쳐 다니고 가끔 비린내도 올라오던 작은 천에 불과한 그곳의 수면을 황홀한 노을빛으로 물들이며 사라져가는 빛의 순간은 숙연해지기까지 했다. 그렇게 사라져가는 거라고, 그렇게 물들이다 사라지는 거라고 넌지시 충고를 던지는 것만 같았다. 말이 아닌 존재 속에 알아차리게 하는 것. 자연의 충고란 존재 자체만으로 치유의 힘을 가졌다.

　요가 자세 중 '시르사 파다아사나', 즉 '전갈 자세'를 '경고의 자세'라 불러보기로 했다. 스스로 내면, 외면의 문제를 알아차리고 치유하도록 도와주는 자세. 물론 이 자세를 제대로 하기까지는 굳은 의지와 꾸준한 수련의 시간이 필요할 것이다. 직립보행에 익숙한 척추를 거꾸로 들어 올림으로써 상체와 하체가 서로의 역할을 바뀌게 한다. 상체의 힘을 기르되 중심 척추의 힘이 기반이 된다. 이 자세의 완성은 가벼워진 하체를 단단한 상체가 받쳐주며 두 발로 인체의 가장 무거운 머리를 꾹 눌러주는 것이다. 온갖 상념과 에고로 들끓는 머리를 몸의 맨 아래쪽에 있던 두 발이 충고와 함께 눌러주는 것이다.

더 자비로워지라고.
어머니 대지의 충고를 귀하게 받들어 변화하라고.
사랑하고 자유로워지라고.

팍팍해진 영혼을 향해 강력하고도 은근하게 충고를, 아니 경고를 하는 것이다.

제2장

그래서
요가

몸과 마음,

숨을 모아 움직이는

명상의 시간

위축되지 않는다는 것

요가 자세 '비라바드라아사나'라는 '전사 자세' 속 신화는 흥미롭다. 인도의 왕 닥사는 사랑하는 딸 샥티가 자신이 싫어하는 시바*와 결혼하자 몹시 실망하고, 급기야 딸에게 감당하기 힘든 심한 압력과 모욕감을 주어 스스로 목숨을 끊게 했다는 이야기다. 특히 결말은 전형적인 남성주도권 위주의 사고에서 비롯되어 폭력적이고도 비극적으로 끝이 난다.

---

* 인도 정신을 지배하는 힌두교의 중요한 신(神) 중 하나이다.

시바가 아내 샥티의 죽음에 몹시 진노하며 자신의 머리카락을 쥐어뜯어 땅에 던져버리자, 그 머리카락에서 '비라바드라'라는 영웅이 나난다. 시바는 머리카락에서 탄생한 비라바드라에게 명령을 내린다. 당장 군대를 이끌고 가서 장인 닥사와 그의 군대를 남김없이 파괴하라고. 용맹한 전사 비라바드라가 이끄는 시바의 군대는 폭풍처럼 몰려간다. 그리고 한 치의 주저함 없이 닥사의 제단을 부수고, 몹시 사랑했던 여인의 아버지인 닥사의 목을 베어버린다.

이 황당무계한 이야기가 늘 수련하는 전사 자세에 얽혀 있다니 신기하기도 하고, 요가 자세에 시바 신의 엉킨 머리카락으로 만들어진 영웅 '비라바드라'의 이름을 붙인 것도 재밌게 느껴졌다. 머리 위로 곧게 뻗어 올리는 두 팔의 모습이 칼을 치켜든 전사의 모습을 닮은 전사 자세. 전사 자세 수련을 하다가 종종 신화에 대해 이야기하다 보면, 듣는 학생들도 나도 강건해지는 느낌을 받곤 했다.

미국에서 요가 지도자 과정을 들을 때 이 자세에 관한 일화가 있다. 당시는 영어 수련 지도 실습에 스트레스를 받던 때였다. 몸의 움직임이 마음에 어떻게 연결되는지, 그런 연결과 흐름을 이끌어내려면 섬세한 표현들을 써야 했는데, 나의 영어 실력으로는 역부족이었다. 지금 같으면 한국말로 자신 있게 수련 지도를 했을 텐데, 그때는 왜 그 생각을 하지 못한 걸까. 나는 때때로 의기소침해져서 왜 여기까지 와서 언어의 스트레스를 받으며 요가 지도자 과정을 시작했는지 후회했다.

그러던 어느 날, 요가 지도 실습 시간에 무심코 이런 생각이 떠올랐다.

'언어의 형식에 너무 얽매이지 말자. 문법에 묶여 너무 조심하지 말자. 시를 쓰는 사람답게 자세와 자세의 연결 과정을 라임이라 여기고, 그 사이에 여백을 줘보자. 그들이 알아듣든 그렇지 않든 그건 그들의 몫이다.'

마치 '자신감을 가져. 한국 사람이 영어 못하는 거 당연한 거 아냐?' 같은 영어 공부가 싫은 자의 핑계일 수도 있지만, 틀린 말도 아니었다. 그때 내 위축의 원인은 내부에서 스스로 지어낸 '생각' 때문이었다. 있는 그대로의 자신을 인정하지 않았을 뿐 아니라 끝없이 남과 비교함으로써 스스로를 위축시켰다. 타인의 눈에 비쳐질 실수를 두려워했다.

"지금부터 당신은 특별한 전사입니다. 머리 위에 푸른 하늘, 구름이 흘러갑니다. 당신은 대지 위에 우뚝 서 있습니다. 머리 위로 태양과 바람…… 당신은 대지의 에너지를 받아 이제 더는 약하지 않습니다. 우아하고 아름다운 당신이 바로 중심, 당신은 전사입니다."

"From now on, you are a special warrior. The blue sky over my head, the clouds. You stand on the earth, the ocean and the wind above your head— You are no longer weak with the energy of the earth. You are the center of the elegant and beautiful, and you are a warrior."

호흡과 자세를 조화롭게 연결하는 '빈야사 Vinyasa 시퀀스 Sequence*' 실습 시간, 시를 낭송하듯 행간의 여운을 살려 느릿느릿

---

* 현대 요가의 한 종류인 '빈야사'와 배열을 이르는 '시퀀스'를 조화시킨 수련 지도 방법이다.

입을 떼기 시작했다. 영어권 지도자 과정 동기들의 자세 지시와는 사뭇 다른 지도법이었다. 나는 총감독인 글로리아에게 "시인 니콜의 지도 방식이 창조적이다. 낮은 목소리가 명상에 도움을 준다"라는 평가를 들었다. 그날 지도자 과정 워크숍 후 총평의 자리에서 내 지도 방식에 대한 평가는 오랜만에 만족스러웠다.

살다 보면 위축되는 순간들이 찾아온다. 그럴 땐 내 뜻대로 안 되기도, 심지어 오해를 받기도 한다. 주어진 일보다 인간관계로 인한 스트레스로 병이 나기도 한다. 그러나 엄밀히 말해 그것은 우리의 잘못이 아니다. 우리가 살아가는 현대 사회 속에서 끊임없이 경쟁과 욕망을 부추기는 사회구조의 탓이기도 하다.

맨발로 매트 위에 올라가 '호흡'과 '몸의 움직임'에 집중하다 보면 밖을 향해 뻗어가던 생각들이 안으로 방향을 바꾼다. 전사 자세가 포함된 태양 예배 자세를 거듭 수련해나갈수록 움직임이 가볍고 부드러워진다. 손끝에서 발바닥, 발바닥이 딛고 있는 그 아래 대지에 이르기까지 연결된 힘을 느끼게 된다. '현재의 운명에 불만을 품지 말고 미래에 위축되지 말라'는 로마 황제 아우렐리우

스의 《명상록》 속 지혜 어록이 온전히 와닿는 순간이기도 하다. 세상 사람들 모두 견뎌내야 할 자기 몫의 슬픔과 화가 있다. 미처 몰랐던 강박이나 욕망이 각각의 문제를 안고 다가오기도 하는 것이다. 오직 나에게만 '취한 코끼리'나 '상처'가 있는 건 아니다. 감정을 훌륭한 도구로 삼을 때까지 매 순간 깨어 있어야 한다는 걸 수련 안내자로 살며 천천히 알아가고 있다.

요가 수련을 한다는 것은 지금 이 순간 현재라는 매트 위에 담담히 올라서는 일이다. 더구나 전사 자세를 수련한다는 건 특별한 의미를 갖는다. 악마의 머리를 밟고 우주의 춤을 추는 시바 신의 강력한 에너지와 로마 황제의 지혜가, 시공을 초월해 지금 내 안으로 들어와 에너지 발원으로 재탄생될 수도 있을 것이기에 그렇다.

세상 밖 스트레스가 군대처럼 나만 공격해오는 것 같은 생각이 들 때, 당신 안에 잠들어 있는 강력한 영웅 비라바드라를 깨우기를 권한다. 당당하고 우아한 전사가 되어 본래의 내면에 깃든 당신의 아름다움 안에서 우뚝 서게 되기를 바란다.

탈코르셋

여성학자 클라리사 P. 에스테스*는 《늑대와 함께 달리는 여인들》
에서 이렇게 말했다.

우리의 내면에 자리 잡고 있는 야성野性과의 관계가 단절되면
감정적으로 어떤 증상들이 나타날까? 다음에서와 같은 감정,
생각, 행동 등이 나타나면 깊은 본능적 심리와의 관계가 부분적

---

*미국의 시인이자 융 심리 분석 전문가이다.

으로 혹은 완전히 단절되어 있는 것이다. 이를 여성만의 언어로 표현하자면, 극도로 메마르고, 피곤하고, 허약하고, 우울하고, 혼동되고, 입에 재갈을 물리거나 틀어막힌 것 같고, 성性적으로 무감각하고, 무섭고, 망설여지거나 힘이 없으며 영감이나 신명이 나지 않고, 열의가 없고, 허무하고, 부끄럽고, 항상 울화가 치밀고, 걸핏하면 화가 나고, 앞이 꽉 막힌 것 같고, 창의력이 없고, 짓눌린 것 같고, 미칠 것 같은 느낌이 드는 것이다.

– 클라리사 P. 에스테스 《늑대와 함께 달리는 여인들》(이루)

사실 이 글은 시인 김승희 선생의 책을 읽던 중에 만났다. 시집 《어떻게 밖으로 나갈까》를 귀를 접어가며 읽던 때라 그랬을까? '나는 아직도 이 순간을 잊지 못한다. 아이오와주립대학교 대학 도서관에서 단 한 권뿐이었던 책을 대출해 손에 쥐었을 때, 내 가슴은 엄청나게 뛰고 있었다'라는 선생의 글을 보자 내 가슴 또한 알 수 없는 설렘으로 차오르기 시작했다.

《늑대와 함께 달리는 여인들》을 처음 봤을 땐 강렬한 푸른빛의 표지가 눈에 띄는 남다른 책이었다. 한 장 한 장 펼쳐 읽을 때마다 신세계가 펼쳐지는 듯했다. 페미니즘 접근을 신화로 풀어나가는 방식이 신선했고 이야기가 아름다웠다. 당시 흑석동 언덕길 인쇄소에서 두 권을 제본해서 소설 쓰는 친구와 한 권씩 나누어 가지며 좋은 작품을 쓰자고 결의도 했지만, 현재는 꽤 오랫동안 책장의 한 자리를 지키고 있을 뿐이다. "여성 속의 야성은 긍정적이며 태양의 축복을 느끼게 해준다. 직관의 힘으로 빛나며, 유연하고 관대하다. 자연에 순응하되 운명을 거슬러 개척하는 삶을 두려워하지 않는다." 마지막 책장을 덮을 때 이 문장이 떠올랐다. 그리고 요가 수련 전 이 책을 알게 되었음에도, 이 한 문장이 오랫동안 내가 이 책과 함께한 이유였다는 것을 깨달았다.

한번은 요가 자세인 '사자 자세'에서 문득 그 책을 떠올리게 되었다. 다른 자세들과는 다른 결을 가진 메시지가 이 책의 주제와 겹쳐져 보였고, 수련 시간에 활용하기로 마음먹었다. 건강한 야성의 에너지를 나누고 싶었던 거다. 나는 세상에서 가장 못생긴 요가인의 얼굴이 될 때까지 얼굴 근육을 쓰는 걸 주저하지 않기로 했다. 사자처럼 최대한 입을 크게 벌리고 혓바닥을 늘어뜨린 모습을 보여주는 게 쉽지는 않았지만, 하다 보니 차츰 편안해졌다. 지금까지 보여준 모습들이 가짜가 아니듯 이 모습 또한 본래의 내 모습이니까 어떻게 보여지는가를 걱정할 필요는 없었다.

체중을 하체, 곧 허벅지와 복부에 두고 척추를 바로 세운 채 양 무릎으로 바닥을 짚고 일어서 가슴을 펴고 입을 최대한 크게 벌려 사자처럼 포효한다. 타인에게 예쁘게 보이려는 노력은 하지 않는다. 그 순간엔 그저 포효할 뿐이다. 있는 힘껏 혀를 내밀어 턱 아래로 늘어뜨리며 요가실이 떠내려갈 듯 소리를 지를 때는 여기 저기서 쿡쿡 웃음을 참느라 애쓰는 소리도 들려온다. 눈치 보는 게 더 익숙한 어떤 수련생은 소리를 속으로 삼키기도 한다. 그러다 조금씩 조금씩 크게 내기 시작한다. 숨은 깊어지고 소리도 점점 커진다. 두 번째, 세 번째부터는 소리도, 모습도 한결 자연스러워진다. 기분 좋은 미소도 번져간다. 가슴이 후련해진다. 얼굴의 탈코르셋*, 숨어 있는 건강한 야성과 용기를 꺼내오는 자세라고나 할까? 자유로움으로 한 걸음 나아가는 기분 좋은 일탈의 자세

---

* 코르셋(몸매 보정 속옷)에서 탈피한다. 다시 말해 사회에서 여성에게 강요한 외적 기준에서 벗어난다는 의미이다. 짙은 화장이나 과도한 다이어트 등을 거부하는 행위를 말한다.

이다. 엉뚱하게 들릴 수도 있지만, 나는 그렇게 봤다. 본래 가진 건강한 야성을 찾는 자세라고. 아주 가끔씩이라도 다 같이 사자처럼 포효해보자!

바로 섬에 대하여

'오월'이라 쓰고 읽으면 숫자 5와는 다른 '오감五感'이 느껴진다. 개인에 따라 다르게 받게 될 '느낌'이라는 감정 또한 미묘하다. 이 느낌을 빛깔로 찾아보면 오월은 연둣빛에 가깝다. 이 계절 산책길에 만나는 연두색이 참 좋다. 연두색은 초록보다 순해 보여서 보는 이의 마음조차 순하게 해준다. 마음이 순해지니 산의 마음도 궁금해진다. 멀리 보이는 저 산은 어떨까. 산은 가만히 앉아 있는 걸까. 어디론가 떠나고 싶을 때가 있는 건 아닐까. 명상을 하는 수행자처럼 고요해 보이지만, 실은 내면에서 그 무언가 들끓고 있는 건 아닐까.

그것도 아니면 바다를 꿈꿔본 적은 없을까.

때로 풍경 또한 바라보는 이의 감정 상태에 따라 그 이상의 것을 불러오기도 한다. 엉뚱한 꼬리 물기 끝에 다다른 곳은 '바로 서다'라는 문장 앞. 이것을 다시 '바로 섬'이라 줄여놓고 보니 프랑스의 철학자이자 작가 장 그르니에Jean Grenier의 산문집《섬》앞에까지 도달했다. 그제서야 요가 자세 타다아사나Tadasana 앞에 선다. '산 자세'를 위해 돌고 돌아서 온 셈이다. 바로 서기의 기반이 되는 산 자세 '타다아사나'는 '사마스티티'라고도 하는데, 산스크리트어로 타다Tada는 '산'을, 사마Sama는 '곧은, 똑바로 선, 움직이지 않음'을, 스티티Sthiti는 '고요하게 서 있음'을 뜻한다. 서서 하는 모든 요가 수련 자세의 기본이기도 하다.

흔들림 없이 '바로 섬'의 기반이 되는 타다아사나식 뿌리내림은 성찰하는 이의 눈빛처럼 견고해야 한다. '바로 선다'라는 것은 두 발이 딛고 선 대지를 바로 보는 것이다. 대지를 딛고 선 발바닥 이전의 발목, 발목 이전의 무릎, 무릎 이전의 골반, 골반 이전의 허리와 가슴, 가슴 이전의 어깨, 어깨로 내려가기 전의 목과 목이 받치고 있는 머리와 정수리까지의 길 전체를 들여다보는 것이다. 온갖 자극거리들에서 벗어나 지금 내가 서 있는 자리를 정확히 의식해보는 것이다.

머리끝부터 발바닥까지 가깝고도 멀리 있는 길이 곧게 이어진 것처럼, 발바닥에 눈이 달린 사람처럼 뿌리 가까운 곳의 감각을 열어 바로 서 있는 자신을 바라보는 것이다. 바로 볼 때 전해지는 감각을 서서 느껴보는 것이다. 애써보는 것이다. 흔들릴 때 흔들리더라도 한동안 자신의 뿌리에 집중해보는 것이다. 버스나 지하철을 타고 갈 때, 회사에서 종일 시달리다 자리에 좀 앉고 싶은데 아무리 둘러봐도 자리가 없다면, 그냥 적극적으로 서서 가기로 하자. 안 그래도 서서 가려고 했다고 생각하면서. 그리고 기왕에 서서 가는 거 산 자세로 서보도록 하자. 모처럼 온전히 서 있을 때의 감각을 느껴보도록 하자.

뿌리내린 나무

사계절 내내 나무들이 보이는 곳에서 나무 자세를 수련한다는 것의 특별함을 그곳을 떠난 후에야 알게 되었다. 수련하는 사람을 지켜보는 것이 나무의 일인 듯, 눈길 닿는 창밖 너머에는 늘 나무들이 있었다. 밤 수련이 시작되기 전, 텅 빈 수련실 문을 열면 아침에 창을 채우던 초록 물결은 어느새 어둠에 물들어 검은 실루엣으로 흔들리곤 했다. 날개 접은 새들도 잠자리에 들었는지 창밖 세상은 더없이 적막했고, 나무들은 스스로 원해서 눈 감은 것마냥 명상에 든 요기인 듯 가만히 오래오래 제자리를 지키고 있었다.

　일부러 나무를 찾아다닐 정도는 아니라고 생각했는데, 내 스마트폰 속에는 나무 사진이 가득하다. 길을 가다가도 나뭇가지 사이로 노을이 지거나, 내 눈에 기막힌 구도로 파란 하늘이 보이면 그냥 지나치질 못하는 편이다. 나무, 단풍, 초록, 연두, 잎을 비워낸 겨울나무의 표정, 바람에 흔들리는 나뭇가지. 어느새 사진은 수천 장이 되어 있었다. 나는 나무를 사랑하는 사람이었다. 그런 사람이 나무처럼 서보는 일은 자연스럽고 편안한 일이다.

　어둠이 내린 후에도 창 안의 사람들은 나무 자세로 선 채 창밖의 나무들을 본다. 한쪽 다리에 체중을 실어 중심을 잡고, 척추를 곧게 편 채로 나무 한 그루가 되어 바로 서는 나무 자세. 믿어지지 않겠지만 가끔 나무들도 창을 타고 넘어와 나무 자세 수련을 한다. 나무는 내가 되고 나는 나무가 되는 순간. 환상인지 착각인지 그저 창밖의 나무들은 다정한 수련자처럼 느껴졌다. 비가 오나 눈이 오나 그 소박한 수련 클래스에 내가 그토록 열심이었던 것도 어쩜 그들을 보고 싶어 하는 마음 때문이 아니었을까 하는 생각이 든다.

어머니는 자식을 지키기 위해 재혼을 했다고 했다. 당신에게 나는 아프고 상한 손가락이었다. 상처가 깊다고 잘라낼 수도 없는 아픈 손가락. 뿌리 없이 흔들리는 물풀처럼 속으로 울며 어린 영혼은 흔들렸었다. 끝까지 내 존재의 뿌리를 밝히고 싶어 하지 않는 어머니에게 딱 한 번 독하게 물었었다. 사랑이란 걸 해서 나를 낳긴 한 거냐고, 그래도 아버지 얼굴은 한 번 봐야 하지 않겠냐고, 이름이라도 알고 싶다고. 무거운 침묵 끝에 어머니는 말끝을 흐리는 대답으로 그 순간을 벗어나셨다. 어머니를 사랑하는 마음만큼이나 원망하는 마음도 커져 있던 때였다. 지나고 보니 그때가 질풍노도의 사춘기 시절이었나 보다.

창을 타고 넘어온 나무들과 함께 나무 자세를 하는 동안에는 스무 살 수련생이든 일흔을 앞둔 수련생이든 전혀 흔들리지 않았다. 모두 뿌리 깊은 나무가 되기에 부족함이 없었다. 오롯이 한 그루 나무가 되어 머리부터 발끝의 뿌리까지 태양의 빛과 달의 정령을 만나는 시간이었다. 낮에는 나무 자세와 함께 광합성을 했다.

수련실 가득 나무와 사람이 호흡을 나누는 곳이었다. 거기서 8년 동안 수련을 이어갔다. 어느새 뿌리는 퍼져가 어머니 대지의 품에 깊이 안겨 단단해졌고 수련생들도 그렇게 단단해져 가고 있었다. 떠올려보니 참 아름다운 공간이며 시간이었다.

단단한 철사 매듭이 나무의 몸을 파고드는 모습을 보는 건 단연코 행복하지 않았다. 뿌리가 잘 내릴 때까지 몸의 사방을 단단한 기둥으로 받치는 게 이식해온 나무들이 겪어야 할 일이라는 걸 알게 되었지만, 그럼에도 언제쯤 풀려나게 될까 기다려졌다. 그러던 어느 날의 산책길, 그 기둥들이 사라진 게 아닌가. 날카롭게 파고들던 장치들이 없어지자 초록 잎들이 마치 웃는 것처럼 한층 싱그러웠다. 뿌리가 완전히 내린 것이다.

나무 자세는 대지에 뿌리를 내리듯 굳게 선 채 한 그루 나무가 되어보는 자세이다. 깊은 숲속의 나무가 되어보는 것도, 과수원의 사과나무가 되어보는 것도 좋다. 무화과나무, 배나무, 복숭아나무, 잎사귀 무성한 플라타너스…… 반짝이는 햇살과 바람 속에서 광합성을 하듯 깊은 호흡과 함께 누구라도 한 그루의 나무가 되어보는 것이다. 나는 어디에서 비롯되어 여기에 풀 한 포기로 내려온 걸까? 정체성이 모호해지고 자존감이 바닥을 칠 때, 살을 파고드는 아픔을 견뎌낸 어린 나무들을 떠올려본다. 뿌리를 잘 내린 멋진 나무가 되어 한동안 서 있어 본다. 어린 내가 뿌리를 못 내릴까 봐 전전긍긍했던 내 어머니는 당신의 방식으로 어린 나무를 지키려 했다는 걸 새삼 나무 자세를 통해 이해하게 된다.

담대한 마음

두 번째 시집의 제목이 된 〈절벽수도원〉이라는 시는 우연히 보게 된 비둘기가 물어다 준 것이다. 다른 시와 달리 이 시는 한 번에 쓴 시였다. 그래서 비둘기가 준 선물이 아닐까 생각했다. 당시 나는 공원을 산책하다 말고 흰 비둘기를 유심히 바라보는 중이었다. 처음에는 낮게 날아올라 미끄러지듯 저공비행을 하더니, 두 번째 는 그보다 조금 더 높이 날아올랐다. 신기하게도 그 비둘기는 제 자리로 다시 돌아와 날기를 거듭 연습했다. 세 번째 무렵에는 마치 점프하듯 날아올라 공원에서 제일 높은 위치에 있는 가로등

꼭대기에 사뿐히 내려앉았다. 마치 절벽을 오르는 흰옷 입은 수도사의 모습 같았다.

한때 평화의 상징이었던 비둘기는 도시의 천덕꾸러기가 된 지 오래다. 이제 비둘기를 생각하면 하늘을 나는 모습보다는 행인들 발길 사이를 위태롭게 걸어다니는 모습이 먼저 떠오른다. 얼핏 고군분투하는 인간 군상의 모습 같기도 하다. '에카 파다 라자카포타아사나'라는 '비둘기 자세'는 비둘기가 앞으로 가슴을 내밀고 있는 듯한 모습의 자세이다. 완성된 비둘기 자세에서는 우아하고도 담대한 에너지가 느껴진다.

비둘기 자세를 꾸준히 수련하면 골반 균형에 좋은 영향을 준다. 등과 어깨의 유연성을 도와 위축된 가슴을 점차 열어가고, 하체의 혈액 순환을 촉진해 생리통 해소에도 도움을 준다. 초보자는 과도하게 다리를 접거나 상체를 젖히지 않은 채, 뒤쪽 다리를 바닥에 붙여 곧게 늘어트린 자세를 유지하는 편이 허리와 무릎에 무리를 주지 않는다. 이 자세가 익숙해져서 상·하체가 유연해지고 근력이 붙으면 팔꿈치에 발목을 거는 자세 연습에 들어가면 된다.

수련을 하다가 오른쪽이나 왼쪽 중에 어느 한쪽이 더 힘들게 느껴질 수 있는데, 이럴 때는 물론 잘 안 되는 쪽에 더 비중을 두고 꾸준히 수련하는 편이 낫다.

발목을 다쳐 절룩거리면서도 차가운 맨땅을 쪼며 먹이를 찾는 실제 비둘기의 모습을 보면 우아해 보이는 요가의 비둘기 자세가 모순적으로 느껴진다. 다만 날아오르기를 멈추지 않던 흰 비둘기를 떠올리면 어쩐지 꿈을 놓치지 않고 살아가는 누군가의 삶과 닮았다고 느껴졌다. 혹여 현재의 삶이 비루하게 느껴지더라도 날개를 펴고 푸른 하늘로 날아오르는 꿈을 꾸게 되기를. 비둘기를 비롯한 연약한 동물들, 자기방어 능력이 약한 지구의 모든 생명체가 신의 축복 아래 공존하기를. 간절한 마음을 담아 기도한다. 나마스테.

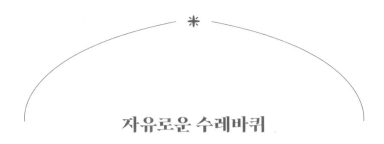

자유로운 수레바퀴

가슴을 연다는 건 몸과 마음 중 어느 쪽에 더 큰 의미를 두라는 것일까? 수련생들에게 "어깨를 열어요, 가슴을 열어요"라는 말을 입에 달고 살다가도 '나는 얼마나 열려 있나, 열린 사람인가?' 하고 되물어보게 된다. 사람마다 외모가 다 다르듯, 내면의 감정과 기질 또한 마찬가지다. 그렇다 보니 요가 자세 또한 개인의 몸 상태와 기질에 따라 느리게 진보하는 자세가 있고, 상대적으로 빠르게 완성되는 자세가 있다. 내적 기질이 자세에 깊이 개입된다는 것을 증명한다고나 할까. 이러한 사례를 토대로 수련과 수련생들을 이해하는 일은, 결국 스스로의 수련 상태를 돌아보는 시간이 기도 했다.

가슴이 열리지 않는다는 것은 내면에 쌓아둔 감정이 많다는 것, 마음을 쉽게 열지 못하는 기질과도 통한다. 내가 요가 수련을 하게 된 이유도 쉽사리 열리지 않는 가슴 때문이었다. 친구들이 다 웃고 있어도 나 혼자서만 웃지 못했으니까. 셔터를 누르는 순간 자신의 영혼이 빠져나간다고 믿는 진지한 표정의 아메리카 인디언처럼 오래된 사진들 속에서 나는 늘 저 혼자서 심각한 표정을 짓고 있었다.

첫 수련을 시작하기 전에는 수련생과 상담을 하는데, 그러기엔 더 사적인 대화의 시간을 갖는 편이다. 왜 이 재미없는(?) 요가 수련이 하고 싶은지, 왜 이 지나치게 작고 아담한 요가원을 찾아왔는지 등 여러 얘기를 나누다 보면 이 세계를 보는 그의 눈과 감정 상태를 짐작하게 된다. 완벽주의자적 성격의 소유자들은 특이한 경우를 제외하고는 가슴을 여는 자세들이 편해지기까지 오랜 시간이 필요하다. 생애 첫 요가 수련에서 단번에 비둘기 자세로 발목에 손을 걸기도 하지만, 전굴^{앞으로 숙이기 자세} 수련에서는 **뻣뻣한** 채 상체를 숙이지 못하는 경우도 있다. 그와 반대로 전굴은 쉽게 되지만 후굴^{뒤로 젖히기 자세}은 시도조차 못할 때도 있다. 따라서 자기 몸과 마음의 상태를 살피고 이해하는 것은 중요하다. 요가뿐 아니라 살아가는 일도 이와 비슷하지 않던가.

　"가슴을 열어요" 다음으로 자주 하는 말은 "우리 다음 시간에는 조금만 더 겸손해지기로 해요"이다. 수련 중 겸손해지기란 숙이는 자세를 말한다. 늘 그렇듯 두 경우가 다 내게 필요한 자세다. '수레바퀴 자세^{우르드바 다누라아사나}'는 꽤 어려운 후굴 자세다. 척추를 들어 올려 가슴을 완전히 열어 젖힘으로써 척추를 단련시킨다. 척추 근력이 약해 손목의 힘으로 들어 올리려고 하면 손목에 무리가 가거나 어깨와 목이 경직되기도 한다. 활력을 불어넣어 주는 좋은 자세이지만 안정적인 자세에 도달하기까지는 시간이 필요하다. 요가 안내자가 이끄는 대로 일련의 기본적인 수련 자세인 고개 숙인 개 자세, 고개 든 개 자세, 소 얼굴 자세 등은 꾸준한 수련 이후 진행하는 게 좋다. 수레바퀴 자세를 완전히 익히면 자신의 척추, 즉 중심이 수레라는 것을 느끼게 된다. 반면 초보자의 경우 바닥을 짚은 손목의 힘 조절과 불균형으로 인해 바퀴가 흔들리고 숨이 가빠지게 된다.

꾸준한 수련 이후 완성된 바른 수레바퀴 자세는 머리를 맑게 해주는 동시에 자신감과 긍정적인 마음 상태를 불러온다. 체질에 따라 땀이 적은 사람이라 할지라도 이 자세를 수련하면 기분 좋게 땀을 흘리게 된다. 가슴을 열어낸다는 것, 즉 마음을 연다는 것은 감정적으로도 후련해지게 한다. 땀을 통해서 불편한 감정들을 내보낸다고나 할까.

가슴을 여는 자세를 수련할 때는 퇴보가 빠르다는 걸 잊지 말아야 한다. 최소한이라도 꾸준히 수련하면 느려도 반드시 앞으로 나아가지만, 그렇지 못할 때는 두 배는 빠르게 뒤로 물러선다. 근육과 관절의 공간이 좁아져 어깨와 가슴이 뻣뻣해지는 것처럼, 사고와 감정도 유연성이 부족해지기 마련이다. 그러니 자유롭게 굴러가는 수레바퀴가 될 때까지 충분한 수련은 꼭 필요하다.

다리를 놓는 사람

산책길에 다리를 건너는 일이 좋다. 나무다리는 난간을 만질 때 느껴지는 투박한 감촉이 좋고, 징검다리는 흐르는 물소리를 생생히 들을 수 있어서 좋다. 간혹 머리 위로 지나가는 거대한 교각 아래를 통과하고 싶어 일부러 먼 산책 코스를 택해 걷기도 한다. 파리에서 약 80킬로미터 정도 떨어진 지베르니 모네의 정원, 목조다리 위에서 바라본 수련도 잊지 못한다. 가까운 산책길의 징검다리부터 샌프란시스코 베이브릿지에 이르기까지, 다리를 건너거나 바라보는 일은 어느새 산책의 즐거움이자 취향이 되었다.

사람 중에도 다리와 같은 역할을 하는 사람이 있다. 사람과 사람을 이어주는 사람, 슬픔에 빠진 사람에게 위로의 음악을 들려주는 사람, 늙고 병들어 버려진 애처로운 유기견의 손을 잡아주는 사람, 선한 영향력으로 이쪽과 저쪽 사이에서 기꺼이 다리가 되어주는 사람들 말이다. 결이 좀 다른 얘기지만, 어릴 때 간혹 나를 사이에 두고 나보다 늦게 서로를 알게 된 친구 둘이 나보다 더 친해지면 다리 역할을 했던 내가 왠지 모를 소외감에 빠졌던 기억이 있다.

나는 '다리를 잘 놓는 사람'이고 싶다. 다리가 된다는 것은 한 세계와 한 세계를 연결해주는 것. 더 자비롭고 더 견고한 세계로의 확장을 위해 애쓰는 것이다. '다리 같은 사람'은 자신을 둘러싸고 존재하는 이 모든 것에 겸허한 마음으로 존중할 줄 아는 열린 사람이 아닐까. 매일 비추는 태양, 항상 걷는 길, 스치는 나무, 오후의 산책로, 연결된 매 순간순간을 느끼며 진심으로 감사의 기도를 올리는 삶을 살고 싶다.

가슴을 열고 척추를 들어 올려 복부를 포함한 상체와 하체를 태양 쪽으로 확장하는 '다리 자세'. 이 자세를 수련하다 보면 알맞은 온도와 습도, 빛과 바람 속에서 잘 마른 나무로 꼼꼼히 설계해서 만든 목조다리가 떠오르곤 한다. 섬과 섬, 바다와 육지, 하늘과 땅, 바다와 강 사이에 다리를 놓는 마음으로 다리 자세 수련을 한다. 햇살이 쏟아져 들어오는 요가실의 아침마다 다리 공사가 한창이다. 지즐지즐 흐르는 개울 위 둥근 다리를 건너 당신의 안부를 묻고 싶은 계절이 이렇게도 다정하게 흘러가고 있다. 이때 마음을 적신 감정은 평안하고 부드럽다. 그리고 매이지 않는 바람처럼 물처럼 믿을 수 없을 만큼 잔잔한 날들이 이어져간다.

윤슬의 시간

머리 위에서 빛나던 태양이 서쪽을 향해 저물어가기 시작할 무렵
천변을 산책하고 있다면, 그 또한 신의 축복을 온전히 받은 날일
것이다. 잔물결을 따라 반짝이는 햇살은 개천에 불과하던 수면을
황홀한 빛의 통로로 변신케 한다. 나는 걸음을 멈추고 빛의 결이
물속에 투영되는 걸 바라본다. 그러다 문득 그 물결 속을 헤엄치
는 인어가 되어 이끌리는 대로 몸도 마음도 흘러가볼 때가 있다.

　'나는 지금 남쪽으로 흘러가고 있다. 아마도 남국의 어디쯤을
향해 가고 있는 듯하다. 햇빛을 머금은 강물 속은 따스하고 수초

의 부드러운 흔들림이 지느러미를 스쳐가는 것도 기분 좋은 흔들림이다. 종이 다른 한 떼의 물살이들과 마주쳤지만 충돌하지 않는다. 서로가 다치지 않게 알맞은 거리를 지키며 지나쳐간다. 물 속의 공존은 고요하고 평화롭다.'

자연이 주는 윤슬*의 시간은 이토록 아름답고 평화로운 환상을 선물해준다.

'물고기 자세^{마츠야아사나}'는 자유롭게 유영하는 물살이**가 되어보는 요가 자세이다. 양 팔꿈치로 허리와 엉덩이 사이를 받친 채 가슴을 열어서 밀어 올리므로 비교적 안정적인 후굴을 하기 위한 기반을 만들어준다. 완성된 자세가 물의 저항에 견디기 좋은 유선형의 모습을 보여주기 때문에 물고기 자세라는 이름이 붙었을 거란 짐작을 해본다.

---

* 햇빛이나 달빛에 비쳐서 반짝거리는 잔물결을 말한다.
** 김산하의 칼럼 〈물고기, 고기가 아니라 '물살이'다〉(2015.04.01.경향신문)와 전범선의 풀무질〈물고기가 아니라 물살이다〉(2021.12.13. 한겨레신문)를 읽고 먹을거리로 인식되는 '물고기' 대신 '물살이'로 표현했다.

    요가 자세에는 물살이, 뱀, 나비, 독수리, 까마귀, 삼각형, 반달, 쟁기, 나무, 전갈 등의 동물과 사물, 자연의 이름이 등장한다. 인간 우위의 입장으로 이들을 지배하거나 이용하는 개념이 아닌 공존과 조화를 추구하는 요가 정신의 가치로 이해할 수 있을 것이다. 이는 요가의 8단계 중 첫 번째 단계인 야마를 통해서도 잘 이해할 수 있다. 산스크리트어로 야마^{Yama}는 윤리적인 계율, 즉 신조, 국가, 연령과 시대를 초월해 요기로서 지켜야 할 계율들을 말한다. 야마에는 다섯 가지 지침이 있는데, 다음과 같다.

    첫째, 아힘사^{ahimsa}: 비폭력, 불살생
    둘째, 사트야^{satya}: 진실, 불망어不忘語
    셋째, 아스테야^{asteya}: 불투도, 훔치지 않음
    넷째, 브라마차리아^{brahmacharya}: 절제, 금욕
    다섯째, 아파리그라하^{aparigraha}: 불탐, 검소함

    그리고 이는 요가 자세 수련을 뛰어넘어 인간 내면의 자비와 사랑, 절대 구원을 향한 명상적 깨달음을 향해 가는 요가 철학적 가치와의 연결 고리를 알게 해주는 지점이 아닐 수 없다.

수련 시간에 물고기 자세는 어깨로 서기 자세, 쟁기 자세, 다리 자세 후에 하도록 이끈다. 열거한 자세들이 목과 어깨 쪽 근육을 앞으로 굽혀 쓰게 했다면, 물고기 자세는 뒤로 젖혀 앞뒤의 균형과 함께 근육을 풀고 어깨를 이완시켜 준다. 균형과 이완을 통해 서서히 가슴을 열리게 함으로써 마음의 자리를 만들어주는 것이다.

천변을 산책하는 일은 인어가 되는 시간, 마음이 요가 하는 시간이기도 하다. 시시하거나 하찮다고 생각했던 일상이 축복과 감사의 순간이라는 걸 알게 해주는 시간이다. 걸을 수 있는 지금에 감사하는 시간이다.

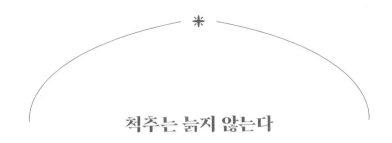

척추는 늙지 않는다

척추가 물리적 나이와 함께 약해지는 것이 아님을 알게 해준 수련생이 있다. 칠십 대 수련생 오다남 씨는 무릎 관절 수술로 1년 넘게 쉬었다 다시 수련을 시작한 분이다. 가장 완벽한 낙타 자세를 한 회원으로서 젊은이들의 부러움을 사기도 했다. 그가 요가 수련을 하는 이유에 대해 "해외여행을 하지 못하게 될까 봐"라고 말했던 것이 생각난다. 다리 수술 후 더 민감해진 몸 상태에도 불구하고 그는 수련을 포기하지 않았다. 오히려 근력과 유연성을 길러 체력을 유지함으로써 해마다 여름과 겨울이면 오지를 포함한 해외여행을 다녀오곤 했다.

'낙타 자세우스트라아사나'는 주로 태양 예배 자세 등의 기반 아래 근육과 관절의 긴장이 풀어진 상태, 즉 부드러워진 상태에서 하는 게 좋다. 개인의 척추 상태에 따라 반드시 차별을 두고 해야 하는 전굴 자세를 통해 척추의 긴장을 풀어준 후, 섬세한 지도와 함께 하는 후굴 자세의 일종이다. 무릎으로 바닥을 짚고 척추를 세워 앉아야 하는데, 이때 척추만큼 하체, 즉 골반의 균형감도 중요하게 작용한다. 그런 다음 발등을 바닥에 붙이고 허벅지와 하체에 힘을 보내 단단한 기반을 만들어준 후 척추를 최대한 뒤로 젖히면, 꼬리뼈부터 시작해 가슴까지 차례로 확장되어지는 것을 느낄 수 있다.

완성된 자세의 모습이 낙타의 실루엣과 닮아서인지 이 자세는 낙타 자세로 불린다. 낙타는 허리가 강한 동물이다. 낙타 자세라는 이름처럼 이 자세를 꾸준히 하다 보면 허리가 강해진다. 또한 다른 어떤 요가 자세보다 반다를 강하게 요구한다. 처음에는 한 손씩 뒤로 뻗다가 차츰 양손을 함께 짚어 자세를 완성할 수 있게 된다. '물라 반다*', 곧 괄약근 조이기로 하체의 기반을 단단히 하지 않으면 허리에 무리가 갈 수 있기에 반드시 지도자와 함께하는 바른 정렬이 필요하다. 낙타 자세의 꾸준한 수련은 앞으로 말린 어깨와 굽은 등을 펴줄 뿐 아니라 자세 습관으로 굽은 어깨와 등을 펴주며 엉덩이를 탄력 있게 해준다. 척추와 고관절, 목 근육을 강화, 요통과 어깨 결림의 해소에도 도움을 준다.

십여 년이 지났으니, 내 수련생이었던 오다남 씨의 물리적 나이는 여든을 바라볼 것이다. 여전히 건강하시겠지? 그냥 그렇게 믿어보기로 한다.

* 생명의 근원. 뿌리를 잠근다는 뜻이다.

순한 성자

어딘가로 실려가는 소와 눈이 마주친 적이 있다. 수많은 감정이
출렁이는 눈빛이었다. 견디고 있으나 견디는 것 외에는 아무것도
할 수가 없는 결박당한 생명이었다. 어미가 되어도 새끼가 본능적
으로 찾는 젖을 줄 수도 없었을, 감정 없는 물체처럼 다루어졌을
순한 목숨이었다. 그럼에도 그 눈빛에 원망이나 증오가 보이지 않
아 짧게 스쳤던 그 순간이 쉽게 잊혀지지 않았다.

산스크리트어로 고^{Go}는 암소, 무카^{Mukha}는 얼굴, 그래서 '고

무카Gomukha'는 암소를 닮은 얼굴이란 뜻이다. '고무카아사나 Gomukhasana'라는 '소 얼굴 자세'는 고개 숙인 개 자세 못지않게 등 건강에 좋은 자세이다. 평소 직업과 생활 습관으로 굳은 등과 어깨, 닫힌 가슴을 열고 펴도록 도와준다. 또한 골반의 균형을 잡는데 도움을 주고, 하체 쪽 혈액순환을 도와 다리와 발목 건강에도 이로움을 준다. 초보 수련자가 양팔을 등 뒤로 돌려 양손을 잡는건 쉽지 않다. 대개 한쪽은 잘되어도 다른 쪽은 잘 안 되는데, 이는 시간이 해결해준다. 요가 자세들은 상체와 하체, 팔과 다리, 머리와 발바닥 등 마치 연관이 없는 것처럼 보이지만 각각의 자세마다 긴밀한 연결성을 갖고 있다. 상체를 젖혀주는 자세에 어려움이 있을 때, 상체를 숙여주는 자세의 수련이 필요한 것과 같은 원리라 할 수 있겠다.

자세의 불균형을 알고 균형을 찾기 위해 수련한다는 건 건강한 삶을 위해 꼭 필요한 일이다. 이는 꼭 요가뿐 아니라 우리 삶의 태도도 마찬가지다. 수련 기간이 긴 요가 수련자라고 해서 다 균형감을 갖추는 것도 아니다. 전 세계적으로 추앙받던 유명한 요가 지도자가 수련 정신의 균형을 잃고 욕망의 포로가 되어 추한

민낯을 드러낸 일도 있었으니 말이다. 뉴스를 보고 나는 같은 요가인으로서 부끄러움을 느꼈다. 그리고 멋지게 보이는 몸의 자세가 반드시 그 사람의 내면을 포함하지는 않는다는 걸 깨달았다. 수천 년 전 깨달음을 향해 가기 위한 수행의 도구로써 인도에서 시작되었다는 요가. 현대에 들어와 요가 수련자들은 눈에 띄게 많아졌지만, 이런저런 요구와 조건을 따르면서 자신도 모르게 욕망과 소비의 주체가 되는 경우도 생겼다.

진지한 수련자라면 수련 기간이 짧고 길고를 떠나, 혹은 자세가 완벽하거나 덜 완벽하거나를 떠나 주목해야 할 '요가 철학'의 덕목이 있다. 파탄잘리는 왜 굳이 요가를 8단계로 나누어 한 단계 한 단계 나아가는 길을 제시한 것일까? 마침내 마지막 단계인 '사마디Samadi'에 이르기 위해 수련의 첫 번째 단계에 왜 야마를 두어 강조했는지, 요기로서 지켜야 할 기본 중에 기본을 왜 아힘사 Ahimsa*라고 했는지 그 이유가 있는 것이다.

---

* 살생을 하지 말라는 의미를 가지고 있지만, 이보다 더 넓게 '사랑'이라는 긍정적 의미를 내포한다. 이는 모든 생명체를 사랑하는 아버지(Lord)의 사랑을 말한다.

인간이 자연으로부터 받는 선물은 실로 무한하다. 태양, 달, 폭포, 바다, 강, 바람 소리, 숲, 들꽃, 겨울 눈, 노을빛 황혼, 밤하늘, 푸른빛 하늘, 풀잎에 맺힌 이슬 등. 우리는 우리 곁에 존재하는 것만으로도 위로를 주는 그 아름다움을 숨 쉬듯이 누려왔다. 하지만 자본주의 시대에 자연과 동물들을 대하는 인간의 태도는 유감스럽게도 너무 거칠었다. 쿵쿵 심장이 뛰고 붉은 피가 도는 존재들을 종이 다르다는 이유로 대량 사육 시스템에 몰아버렸다. 이는 소비와 생산, 이익과 편리, 욕망에 더 가까운 명분 아래 은밀하고도 불편한 진실이 되었다. 하지만 소는 여전히 인간에게 이로운 요가 자세를 전해줄 뿐이다. 검고 큰 두 눈을 끔벅이며 주어진 삶을 묵묵히 인내하고 견디고 있다. 순한 성자의 모습이 아닐 수 없다.

요가 수련자들에게 이 순한 성자가 음식으로 보이지 않기를 바란다. 비폭력, 비살생, 자비로움을 지켜가는 생활방식인 아힘사 철학은 수련자들의 정신을 평화롭게 가꾸어준다. 따라서 생명의 고통이 배어 있는 육류와 회, 달걀, 우유 등 착취가 가해진 음식들은 금하는 게 좋을 것이다. 수련자에게 그것들은 부정적인 에너지로 흡수되어 영혼을 어둡게 할 것이며, 그 에너지는 고스란히 수련생들에게 전해지게 될 것이기에 그렇다.

아힘사 정신은 살생을 금한 음식에만 국한되지 않는다. 음식의
절제 외에도 언어와 태도, 삶을 바라보는 방식 또한 요가 수련이
기에 일반적인 운동과는 다른 수련이라 불리는 것이다. 단순한 요
가 자세에 불과하다 여길 수 있을 '소 얼굴 자세'에서 아힘사와 비
거니즘Veganism*의 본질을 떠올려본다.

---

*동물을 착취해서 생산되는 모든 제품과 서비스를 거부해야 한다는 신념을 바
탕으로 동물권을 옹호하며 종 차별에 반대하는 사상과 철학을 말한다. 이에
근거해 육류, 어류, 달걀 등 동물성 식품을 먹지 않는, 동물에 대한 착취를 거부
하는 삶의 방식을 비건(Vegan)이라고 한다.

축복의 날개

요가 수련의 여정에 있는 사람으로서 '몸'은 영혼이 머무는 신성한 거처라는 믿음을 갖고 있다. 더불어 태생적 모성이 깃든 여성의 몸은 더 특별하고도 위대하다. 거기서 수많은 아기가 태어나고 그들이 자라 이 세계를 구성하고 역사를 이루어가고 있기 때문이다. 자신의 이름을 빛내든 그렇지 않든, 우리는 거대한 우주 속 하나의 별로 존재해 각자의 방식으로 빛을 내며 살아가고 있다. 여성은 골반 안쪽에 자궁이라 불리는 아기집을 갖고 태어난다. 그곳은 태아가 출생에 이를 때까지 안전하게 머무는 장소로, 열 달이라는 긴 시간 동안 태아를 보호하고 영양을 공급하는 중요한 기능을 한다. 우리는 그곳을 거쳐 세상에 태어났고, 자신의 아이들을 세상에 나오게 했다. 충분히 경이로운 일이다.

시간의 흐름에 따라 여성의 몸은 변화를 겪는다. 소녀에서 처녀로, 처녀에서 엄마로, 할머니로 늙어간다. 아니 완성되어간다는 게 맞는 표현일 거다. '나비 자세^{받다코나아사나}'는 이토록 위대한 여성의 몸을 존중하고 아끼는 특별한 자세라 할 만하다. 생리학적으로 볼 때 나비 자세의 수련은 골반 하복부에 혈액이 충분히 공급되도록 자극해 자궁과 난소의 혈액 순환을 도와준다. 꾸준히 수련하게 되면 자궁근종, 생리통, 생리불순 등의 여성 질환을 예방하고 치유하는 데 효과가 있다. 그뿐만 아니라 신장, 전립선, 방광에도 영향을 줘 전반적으로 하체의 건강에 좋은 영향을 미친다고 알려져 있다.

간혹 나비 자세를 어려워하는 수련생들의 특징이 있다. 손발이 차거나 생리불순인 경우, 또는 제왕절개로 출산한 여성들일 경우 골반을 연 상태에서 앞으로 숙이는 이 자세를 어려워했다. 개인적으로 겪은 일이지만 수련 안내자로서는 주목할 만한 일이었다. 나비 자세는 인도의 구두 수선공들이 종일 이 자세로 일을 한다고 전해져 '구두 수선공 자세'라고도 불린다. 그래서인지 인도의 구두 수선공들에게서는 비뇨기과 질병이 거의 나타나지 않는다고 한다.

나비 자세는 임산부가 매일 몇 분씩이라도 지속하면 분만에 도움이 되는 만큼, 임산부 요가에서 빠져서는 안 되는 중요한 자세 중 하나이다. 그러나 가슴을 여는 것만큼이나 골반을 여는 데도 꾸준한 수련이 필요하다. '가슴을 열어라, 골반을 열어라' 앵무새처럼 지시하는 요가 강사들의 말을 듣는 수련생으로서는 때로 식상할 것 같기도 하다. '아니 뭐 누군 열기 싫어서 안 여는 줄 아나?' 하는 반발심과 말 안 듣는 자신의 몸에 대한 실망감이 올 것도 같다.

그래서 조금 다른 시각에서 이 자세를 살피기도 한다. 골반을 열고 양팔을 벌린 채 상체를 숙여 대지를 향해 내려가는 모습은 마치 축복의 날개를 활짝 펼친 나비처럼 보인다. 여성이어서 축복이고, 자랑스러운 것이다. 잘 안 되더라도 시도하고 그 자세로 앉아 있는 모습은 축복의 한 장면인 것이다. 다소 엉뚱하지만, 그냥 그렇게 매트 위에 골반을 벌린 채 앉아 있기를 반복하기로 하자. 습관처럼 텔레비전을 보다가도, 문득 생각난 듯이 나비 자세를 지속해서 하다 보면 골반이 유연성을 찾아 편안해지는 걸 느끼게 된다. 골반이 편안해진다면 고관절과도 연결되므로 하체에 좋은 영향을 미치게 될 것이다. 그러니 그냥 그렇게 있어 보는 거다. 축복의 날개를 활짝 펼친 나비가 되어 존재해보는 거다.

우리 몸의 은하수

무심히 마주친 어떤 이의 뒷모습이 앞모습보다 더 기억에 남을 때가 있다. 모르는 사람의 등을 주의 깊게 보다 보면 현재의 습관과 감정, 더러는 살아온 내력까지 짐작해보게 된다. 요가 강사라는 직업이 준 능력, 혹은 착한 참견이라 해두자. 내면에 슬픔이란 감정이 출렁거려도 자신을 바라보는 사람들에게 웃음을 줘야 하는 직업인 개그맨은 어떨까. 대중 앞에서 웃고 있어도 속으로는 울고 있을지 모른다. 나는 종종 개그 프로그램을 보면서 그들의 한쪽 어깨가 심하게 올라가 있거나 들먹이는 등을 보곤 하는데, 그런

모습에서 숨은 감정을 엿보게 된다. 거리를 걷다 마주치는 수많은 사람들의 얼굴과 표정이 다 다르듯, 등의 표정 또한 다양하다.

미국의 천문학자 칼 세이건은 그의 책 《코스모스》에서 은하수를 '밤하늘의 등뼈'라고 했다. 밤하늘의 등뼈라니…… 나는 요가 자세 '고개 숙인 개 자세'를 떠올렸다. 밤하늘의 등뼈는 우주의 등뼈, 소우주인 우리 몸의 등뼈는 소우주를 지탱하는 은하수와 다르지 않을 거란 생각과 함께 말이다.

어렵게 요가를 시작하는 수련생의 첫 수련 시간, 나는 그가 처음으로 하는 '고개 숙인 개 자세아도 무카스바나아사나'를 보며 그의 현재 상태를 살피고 앞으로 진행될 효과적인 수련 시간을 준비할 수 있게 돕는다. 어느새 생활 속으로 파고든 각종 전자기기 속에서 살아가야 하는 현대인들에게 어깨와 등의 통증은 이미 생활 일부가 되어버린 지 오래다. 때문에 등은 평소 바르지 않은 자세와 스트레스로 굳어지기 십상이다. 트렌디한 패션과 메이크업으로도 등의 표정은 가릴 수 없다. 개인적으로 등의 날렵함에 집착하는 편이라 얼굴만큼 등이 아름답지 못한 수련생들을 괴롭히는(?) 경

향이 있다. 이는 내가 고개 숙인 개 자세 수련을 비중 있게 다루는 까닭이기도 하다.

'고개 숙인 개 자세'의 수련은 어깨와 등을 살피고 바로 보는 것에서부터 시작한다. 머리와 팔을 아래로, 다리를 위로 향하게 한 모습이 개와 닮아서 붙여진 이름이다. 심장에 무리를 주지 않으며 혈액순환을 도와 순환계 장애 예방에도 좋다. 요가 수련의 경험이 있거나 수련을 하는 사람이라면 이 자세의 효과를 어느 정도 느껴봤을 터. 등이나 어깨, 목이 뻣뻣하거나 편치 않을 때, 혹은 잠자리에 들기 전 이 자세를 수련하는 것은 행운이라 할 만하다. 깊은 호흡과 함께 고개 숙인 개 자세를 수련하면 어깨와 등에 즉각적인 효과를 준다.

몸은 영혼이 머무는 사원이며 완전한 소우주이다. 그리고 그 소우주를 지탱하는 은하수가 척추, 곧 등이다. 사원 속에 깃든 신성한 영혼, 즉 아트만에 경배하는 마음으로 우리 안의 은하수를 돌본다면 깨어나는 몸과 마음의 소리를 들을 수 있을 것이다. 뒷모습마저 아름다워야 하는 우리들에게 꼭 필요한 자세가 아닐까.

몸과 마음을 수평이 되게

남아프리카공화국 출신 환경운동가 로렌스 앤서니 _{Lawrence Anthony}
의 실화는 '짐승만도 못한 사람'이란 말을 뒤집기에 충분하다. 밀
렵꾼들의 공격을 피해 서식지를 이탈하면서 위험에 처한 코끼리
들의 딱한 사연을 들은 로렌스 앤서니는 기금을 마련해 코끼리들
을 위한 보금자리를 마련했다. 처음에는 코끼리들이 사람을 경계
했지만 곧 사람들의 보살핌 속에서 행복하게 지내게 되었다. 십여
년의 세월이 흐른 뒤 앤서니가 숨을 거두었을 때, 놀랍게도 코끼
리 20마리가 멀리 떨어진 그의 집을 향해 걸어왔다고 한다. 그러

곤 코끼리들이 나란히 서서 일제히 긴 코를 하늘로 들어 올려 목 놓아 슬피 울기 시작했다는 이야기다.

아무도 가르쳐주지 않았지만, 은인을 잊지 않고 애도를 표했다는 코끼리의 이야기 말고도 영리하고 사랑 많은 동물들의 이야기를 듣는 일은 어렵지 않다. 척추와 자세를 연결한 관점으로 볼 때 동물은 네 발로 땅을 딛고 서서 움직이기에 대지와 하늘과 수평을 이루는 척추의 자세를 지녔다. 직립보행 하는 인간의 척추에 비해 무리가 덜 가고 자연을 거스르지 않으려는 순응의 의지마저도 느껴진다. 수직의 척추를 지녀 지구력이 약한 데다 습관이 더해져 현대인들에게 흔한 허리 통증 등의 척추 질환이 오는 건 어쩌면 예정된 일일 수도 있을 것이다.

요가 자세들의 이름에는 각종 곤충과 동물들, 사물의 이름이 등장한다. 메뚜기, 뱀, 나비, 개, 소 얼굴, 쟁기, 다리 등. 그러고 보면 지구에 존재하는 모든 생명체와 인간 사이에는 연결과 존중의 의미가 들어 있다. 요가의 어원이 '결합한다'라는 의미를 가진 산스크리트어 유즈yuj에서도 알 수 있듯, '자세와 호흡', '몸과 마음',

'움직임과 멈춤', '꼬임과 풀림'의 순간들이 모여 수련 시간을 채워 나간다. 자칫 하찮게 여길 수 있는 작은 존재들조차 인간과 더불어 호흡하며 서로 살피어 조화를 이루어나가는 것이 요가 수련이 지향하는 본질에 가깝다는 것 또한 새삼 느끼면서.

  '앉아서 앞으로 구부리기 자세^{파스치모타나 아사나}'는 직립보행의 수직적 운명을 타고난 인간의 척추를 앞으로 숙이는 자세로, 몸과 마음을 수직이 아닌 수평이 되게 낮춤으로써 대지와 조화를 이루어나가려는 마음을 닮은 자세다. 이 자세를 수련하면 심장, 척추, 복부 기관에 생기가 돌고 마음이 평온해진다. 또한 나비 자세와 마찬가지로 골반부에 힘이 가해져 보다 많은 산소를 지닌 혈액이 하체에 공급되어 비뇨 기관이 튼튼해진다. 훌륭한 구루^{Guru*}의 지도로 호흡법과 함께 수행할 경우 욕망을 마음대로 제어할 수 있는 바라마차리^{brahmachari}의 경지에까지 이르게 된다고 한다.

---

* 영적·신체적으로 숙련된 요가 스승을 의미한다.

나만의 동굴

나는 다락방에 대한 로망이 있는 편이다. 나무 계단으로 올라가 고개를 숙여야 들어설 수 있는 아늑한 다락방. 그 방에 난 창으로는 숲이 보여야 잘 어울릴 것만 같다. 아니면 동굴은 어떨까. 동굴 속에 들어서려면 다락방보다 더 숙이거나 몸을 웅크려야 한다. 인간이 되고 싶었던 곰은 쑥과 마늘을 가지고 동굴에 들어가 웅녀가 될 때까지 기다린다. '웅크린다'는 것은 꼭 약해서, 숨고 싶어서, 못나서만은 아닐 것이다. 때를 기다린다는 것, 더욱 강해지기 위한 시간을 갖는다는 것이라고도 볼 수 있다. 내 마음이 가끔 동굴 속에 숨고 싶어 한다면 그럴 만한 까닭이 있을 테고, 그러니 숨을 곳을 찾는 건 당연하다.

'아기 자세^{발라아사나}'라는 요가 자세가 있다. 누구나 따라 할 수 있을 만큼 만만해 보이는 자세다. 여기서도 물론 호흡은 기본이다. 다만 상체를 숙이는 게 어렵다면 바닥에 둔 쿠션을 안고 머물러 있어도 괜찮다. 몹시 지치고 피로해지는 어느 날, 말 한마디 꺼내기 싫을 만큼 고갈된 감정의 상태일 때가 있다. 그럴 땐 나만의 동굴, 나만의 다락방에서 소리쳐 울거나 아무 생각 없이 머물고 싶지만, 막상 그럴 곳을 찾기는 쉽지 않다. 이 답답한 도시에서 동굴을 찾을 수 없다면 내가 동굴이 되어 내가 만든 나만의 동굴 속에 잠시 머물러보자. 불필요한 연결을 끊고 몸과 마음을 숙이고 비워서 단절의 상태로 있는 것이다. 의도적으로 웅크려 있는 자세, 어둠 속에 들어가 있는 자세, 대단한 걸 기대하지 않고 그저 그렇게 있는 자세를 하며 자신의 숨소리에만 의식을 두는 것이다.

개인에 따라 어렵게 느껴지는 후굴 자세나 머리 자세 후에 이 자세를 해주면 좋다. 후굴로 뻗어내느라 긴장했을 수도 있는 척추를 감싸듯 부드럽게 웅크려줌으로써 신체적 조화와 마음의 안정을 불러오는 것이다. 어깨와 목과 팔을 충분히 이완시킨 후, 가능하다면 이마를 바닥에 댄 상태에서 느리게 호흡해보도록 한다. 그리고 스스로 주문을 걸어보자. 나는 지금 안전하고 따스한 동굴 속의 한때에 있고, 그 누구도 나를 방해하지 못하며, 동굴 밖의 세상이 어떻게 굴러가는지 나는 전혀 모른다고.

직장인들이 요가 수련을 하기로 마음먹는 것은 쉬운 일이 아니다. 퇴근 후 술을 한잔하거나 집에 돌아가 부족한 잠을 자고 싶기도 할 테니 말이다. 하여 이 귀한 시간을 내어 수련을 선택한 이상 우리는 더욱 적극적이고도 온전한 쉼의 시간을 만들어야 할 것이다. 태초의 동굴 속, 어머니의 자궁 속에 든 아기처럼 모든 것을 잊고 이완한 채 웅크린 자세로 있는 것. 바쁘단 말을 입에 달고 사는 요즘 사람들에게 꼭 필요한 재충전의 시간이 될 것이다.

조화의 삼각형

인도인들의 정신세계에 큰 영향력을 미친 힌두교에서는 삼각형에 단순한 도형 이상의 신성한 의미를 부여했다고 전해진다. 이는 삼각형 얀트라^{Yantra*}가 종종 명상 도구로 사용된 것을 통해 알 수 있다. 역삼각형은 '샥티^{Shakti**}'를 뜻하며 동적인 여성의 능력과 비옥

---

* 힌두교에서 사용되는 기하학적인 도형으로 삼각형, 원, 사각형, 점 등 다양하게 구성되어 있으며, 신성(神性)을 시각적으로 표현한 것이다.
** '신성한 힘'이라는 말로, 힌두교에서 우주 전체를 관통해서 흐르는 힘이라는 의미를 가지고 있다.

함을 상징하고, 정삼각형은 '시바Shiva'를 뜻하며 정적인 남성의 힘을 나타낸다고 보는 것이다. 이를 통해 삼각형 자세는 여성의 내면에 숨은 동적인 에너지와 남성의 이면에 있는 정적인 에너지가 조화를 이룸으로써 생기는 균형 상태라고 해석해도 별 무리가 없을 듯하다.

오래전 인도에서 요가 수련을 '해탈', 즉 '깨달음'을 향해가는 수행의 일부로 인식했다는 것은 잘 알려진 사실이다. 수련의 궁극적 목표는 삼매Samadi*에 있고 몸의 자세를 뜻하는 '아사나Asana' 수련은 그 길을 향해 가는 여정의 도구라 본 것이다. 그러므로 몸, 마음, 영혼의 연결성은 요가 수련을 이루는 중요한 바탕이다.

'트리코나아사나'라 불리는 '삼각형 자세'는 서서 수련하는 요가 자세 중에서도 중요한 자세이다. 완성된 자세에서 뻗어 올린 자신의 손끝을 바라보면 땅을 딛고 있는 두 발과 세 개의 꼭짓점

---

* 무아(無我), 곧 나도 세계도 없는 상태를 말한다. 삼매에 이르게 되면 몸에 대한 고통을 느끼지 못하게 되어서 편안하다.

이 연결된다. 완성된 자세 안에 삼각형이 존재하는 것이다. 수련 시간에는 '전사 자세 2비라바드라아사나'나 '역 전사 자세'와 연결한 시 퀀스로 구성해서 수련의 흐름이 잘 이어지게 한다.

바른 호흡과 함께 수련하는 삼각형 자세는 '샥티'와 '시바Shiva *' 의 조화로움처럼 정적인 가운데 동적 에너지의 충만함을 느끼게 해준다. 척추 측면을 늘려줌으로써 척추 신경계와 소화기관에 이 로우며, 허리선을 만들어주고, 하체에 힘을 줘서 버티기 때문에 근력은 좋게, 군살은 조절해준다. 처음에는 지도자의 핸즈온을 통 해 어떻게, 어느 지점에서 힘의 조절을 적용해야 하는지 안다. 그 러나 시간이 지날수록 수련자 스스로가 자세 안에서, 특히 척추 측면이 확장됨을 느낄 수 있다.

---

* 힌두교의 주신(主神) 중 하나로, '상서로운 존재'라는 뜻을 가지고 있다. 본래 는 행복과 축하를 의미하는 신이기도 했지만 광폭한 파괴의 신이기도 하다.

여왕의 자세

요가 수련을 마치고 난 직후에는 종종 방전된 배터리가 새로 충전되듯 에너지가 채워졌다는 걸 알 수 있다. 폰을 보느라 피곤해진 눈도 맑아지고, 귀 또한 시원하게 열리는 느낌이다. 퇴근 후 요가실 문을 열고 들어오는 수련생들의 상태는 눈으로 확인하지 않아도 지친 기색이 역력하다. 하지만 수련생들과 마주 본 채 두 손을 가슴 앞에 모으고 "나마스테"를 할 때면 수련생들에게서 수련 시작 전과는 다른 기운들을 품고 있는 게 느껴진다. 얼굴에서 빛이 나고 목소리도 부드럽다. 굳었던 등과 어깨는 완만해져서 동그랗고 환하다.

여기에 어깨로 서기 자세를 수련하면 더욱더 충만해지는 효과를 볼 수 있다. '머리로 서기 자세^{시르사아사나}'가 요가 자세의 왕이라면, '어깨로 서기 자세^{사르반가아사나}'는 여왕이라 불릴 만큼 좋은 자세다. 보통 '쟁기 자세^{할라아사나}'와 짝을 이루어 수련하곤 하는데, 임산부나 생리 중인 사람의 수련을 제외한 거의 모든 수련에 포함된다. 어깨로 서기 자세에서 쟁기 자세로, 쟁기 자세에서 어깨로 서기 자세로 연결하는 수련의 구성은 부드러운 흐름을 느끼게 해준다. 이 수련 사이클을 경험해본 요가 수련자들이라면 공감하지 않을까 싶다.

두 자세 모두 턱으로 갑상샘 근처를 누르기 때문에 목의 갑상선과 부갑상선에 영향을 미친다. 따라서 자연히 그 부분의 혈액 공급량이 늘어난다. 상체보다 하체가 위에 놓인 상태가 되어 정맥의 혈액은 중력의 부담 없이 심장으로 흘러 들어가고, 건강한 혈액이 목과 가슴으로 순환함으로써 활력과 젊음을 불러온다.

잠들기 전 '어깨로 서기 자세'와 '쟁기 자세'를 하면 불면증을 다스릴 수 있으며 장 운동을 촉진시켜서 변비 해소에 도움을 준다. 특히 쟁기 자세 수련 시에는 그 즉시 장 운동이 활발해져서 종종 가스를 내뿜는 경우도 생긴다. 이는 굉장히 자연스러운 현상이지만 당사자가 민망해질 수 있어서 아무 소리도 못 들은 것처럼 수련을 이어가는 편이다. 물론 그러고도 해결이 안 될 때는 슬며시 창문을 열곤 한다. 직립보행의 운명을 지닌 인간들이 직립을 거스른다는 것은 그것만으로도 장과 갑상선에 이로움을 주는 자세라 할 만하다. 만약 최소한의 건강을 지켜주는 자세를 꼽아보라고 한다면, 이 자세를 꼽을 만큼 정말 매력 있는 자세다.

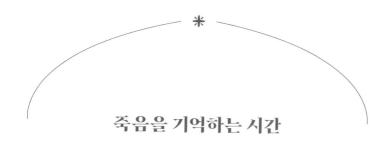

죽음을 기억하는 시간

요가 수련의 맨 마지막에는 사바아사나, '송장 자세'로 마무리한다. 움직임을 멈추고 몸과 마음을 온전히 이완시켜 주는 것이다. 가만히 누워 있으니 이 시간이 제일 편하다는 사람이 있는가 하면, 생각지도 않은 온갖 잡념이 몰려와 어렵다는 사람도 있다.

바쁜 와중에 단 몇 분간의 송장 자세만으로 힘이 생기는 경험을 할 때가 있다. 이는 집중된 쉼이 몸과 마음에 어떤 영향을 주는지 분명하게 알려준다. 이 자세는 최소한의 공간에서 어디서든

할 수 있다. 일단 편한 옷을 입은 뒤 요가 매트를 깔고 눕는다. 만약 매트가 없다면 담요나 커다란 수건을 깔고 누워도 된다. 기왕이면 시계도 풀어놓고, 귀고리나 목걸이 등의 액세서리도 풀어서 물건들로부터 자유로워지게 하자. 그다음엔 양발과 다리, 골반, 허리, 양팔, 손, 가슴, 어깨, 목, 눈, 코, 입, 정수리, 근육, 몸 전부를 다 내려놓는다는 느낌으로 차례차례 힘을 빼가며 매트 위에 눕는다. 그렇게 누워 편안한 호흡을 하면 스스로 대지에 내맡겨짐을 경험할 수 있다. 본래부터 그 자리, 거기에 있었던 사람처럼 누워 있는 게 자연스러워진다.

혹시 무언가로 스트레스를 느꼈다면 '스트레스'라는 단어를 생각 속에서 지워보기로 한다. 그게 무언지 모르는 사람이 되어 태초의 자신에게 온전히 집중한다. 우주의 공간 속, 대지와 하늘 사이 순응하듯 매트 위에 누워 자신이 주도하여 본래의 맑은 의식을 깨운다. 이때 비록 부족함이 느껴져도 이미 그 시도만으로도 충분히 좋은 수련인 것이다.

자신도 모르게 끈질긴 잡념이 몰려올 때가 있다. 그러니 생각을 멈춘다는 것은 그만큼 어렵고 어쩌면 불가능하기까지 한 일이다. 때로 원을 세운 기도보다는 아무것도 생각하지 않는 것 또한 좋은 기도라는 생각이 든다. 그렇게 한동안 아무것도 생각하지 않고 있으면 시간의 흐름에 따라 흙탕물이 맑아지듯 상념들이 가라앉는다. 잠시 평화롭게 죽었다 살아나게 되는 것이다. 타인의 시선을 향해 열려 있던 감각기관을 모두 닫고 내면으로 향한 문을 살며시 열어 충만한 에너지가 생기도록 하는 것. 이것이 송장자세의 완성이다.

여행을 위해 단 며칠의 시간도 낼 수 없었던 어느 겨울이었다. 늘 같은 건널목을 건너 가로수를 지나고, 모퉁이를 돌아 요가실로 가는 길에는 사상 최대의 폭설로 눈이 무릎까지 차올라 있었다. 한 걸음 내디딜 때마다 푹푹 발이 빠져듦과 동시에 맑고 흰 눈이 내 마음과 영혼을 가득 채우는 것만 같았다. 그러다 나도 모르게 "여기가 바로 히말라야구나" 하는 혼잣말이 흘러나왔다. 그랬다. 그 겨울, 단 한순간 들어온 여행을 못 간다는 부정적인 생각에서 벗어나 가장 가까운 곳에 있는 히말라야를 경험했다.

티베트의 쪽빛 하늘 초모랑마^{히말라야 최고봉}의 머리 위로, 수런대는 비자나무 숲으로, 저 먼 수평선에서 내 안에 흐르는 강가에 이르기까지 자유로운 영혼은 어디에도 갇히지 않고 날아다닌다. 송장 자세를 지속적으로 수련하면 평화로운 죽음을 기억하게 해준다. 이는 '참살이^{Well- Being}'만큼 중요한 '웰 다잉^{Well-Dying}'을 향해 가는 올바른 길을 모색하도록 도와줄 것이다. 강제성 없는 자발적 멈춤에는 절제된 에너지가 느껴진다. 그래서 송장 자세가 더 매력적으로 다가오기도 한다.

태양을 향한 경배

아메리카 대륙의 원래 주인이었던 주니족은 '12월'을 태양이 북쪽으로 여행하기 전 휴식을 취하기 위해 남쪽 집으로 떠나는 달이라 했다. 그것만으로도 자연과 조화를 이루어 살아가던 그들의 삶을 대하는 태도가 고스란히 드러난다. 날마다 해 뜨는 동쪽을 향해 태양을 향한 경배로 하루를 시작했다는 고대 인도인들과 인디언 주니족이 지향하는 시작과 끝이 서로 닮아 있음이 느껴진다.

주니족을 생각하다 '수리야 나마스카라'라는 '태양 예배 자세'

가 떠올랐다. 태양 예배 자세는 단순하다. 크게 보면 하나의 큰 원, 즉 둥근 태양을 그리듯 단순한 열두 가지의 자세를 연결해 반복적으로 수련한다. 먼저 태양 앞에 합장한 채 서서 팔을 뻗어 태양의 에너지를 받고, 다시 겸허하게 상체를 숙여 대지를 향해 내려온다. 이때 팔을 뻗어 올리든 숙이든 그 기반에는 두 다리가 있다. 서 있는 순간에는 대지에 뿌리내리듯 단단히 발을 딛고, 몸은 그로부터 흔들리지 않은 채 마음속 중심을 떠올리는 것이다.

기반이 잘 닦여야 튼튼한 집이 지어지듯, 각각의 자세들이 물 흐르듯 이어지는 태양 예배 자세를 할 때는 발바닥의 뿌리와 골반의 균형이 중요하다. 거기서 이어지는 척추의 곧음, 가슴 열림, 어깨의 가동성, 코어의 힘, 팔과 다리를 지지하는 힘 등 전신을 다 사용한다. 중심 척추에는 마음의 중심이 자리 잡혀 있고, 그 중심의 지휘 아래 전신을 사용해 움직인다. 움직임 안에 태양이 있고, 태양을 경배하는 영혼이 들어 있는 것이다.

그동안 나는 무수히 많은 태양 예배 자세를 수련해왔다. 물론 난이도가 높은 요가 자세들을 하다 보면 상대적으로 쉽게 느껴지는 자세이기도 하다. 그러나 태양 예배 자세를 수련하다 보면 알 겠지만 꼭 쉽지만도 않다. 종교적 색채보다는 자연을 향한 경외에 가까워서, 어쩐지 불교의 108배 수행과 통하는 면도 있어 보인다. 개인의 수련 정도에 따라 단순해 보이는 요가 자세도 깊이가 다르게 표현되며, 이것은 수련자 또한 자신의 수련을 통해 느낄 수 있다. 온전한 집중과 함께 꾸준히 수련하다 보면 효과는 요가 자세의 난이도와 상관없이 순환과 진보를 가져다줄 것이다.

햇빛이 창으로 유난히 많이 들어오는 날엔 남쪽을 향해 깔았던 매트를 동쪽 방향으로 바꿔 깔고 요가를 한다. 수련생들과 태양 예배 자세로 함께 몸을 움직이다 보면, 수련할 수 있는 이 순간에 대한 감사가 절로 우러나온다. 자신에게 주어진 오늘 하루와 오늘 떠오른 태양에게 감사하며 다섯 번의 경배를 한다. 때로 그보다 적거나 더 많이 수련의 흐름을 이어가기도 한다. 열두 개의 마음 문을 하나씩 열어나가듯, 큰 원을 그려나가듯, 태양을 그리듯, 몸과 마음과 숨을 수련한다. 마침내 열두 개의 문을 다 열면 땅에 흠뻑 젖은 요가 매트 위에서 행복한 미소를 짓게 된다.

어느새 12월이 바싹 등 뒤에 다가와 있으면, 마치 지난 시간을
잃어버린 것만 같은 감정이 들어오기도 한다. 한 해를 보내고 새
해를 맞아도 여전히 슬픔이 존재하는 세상이지만, 태양 예배 자
세를 수련할 수 있다면 그 또한 축복이리라.

제3장

듣고, 보고,
걷다가
마주친 감정들

걸을 수 있는

이 순간이

내 삶의 가장 아름다운 때

명상의 자리

태풍이 지나가고 난 어느 날 아침, 음악 방송에서 「가브리엘의 오보에」가 흘러나왔다. 영화음악의 거장 엔니오 모리꼬네의 곡으로, 영화 〈미션〉의 주제곡이었다. 그런데 유독 그날은 그 곡이 특별히 더 아름답게 들려왔고, 순간 '세 가지 구나'가 떠올랐다.

　나는 생각했다.

　'순식간에 인간의 마을을 휩쓸고 지나가버린 태풍이라는 자연재해는 어둠의 정체성을 지닌 타마스적 현상일까, 흥분하는 운동성을 지닌 라자스적 현상일까. 심금을 울리는 오보에의 선율은 평

온함의 정체성을 띤 사르바적 현상일까?'

그러는 사이 오보에의 선율은 절정을 향해 가고 있었고, 나도 모르게 '구나'에 대한 사색을 하다 보니 어느새 감정이란 단어 앞에 멈추어 서 있었다. 여간한 일로 흥분하거나 노하지 않는 안정적인 감정 상태가 '사르바적 기질'이라면, 욕망에 충실함이 지나친 상태는 '라자스적 기질', 폭력 성향이 강한 상태는 '타마스적 기질'이라 할 수 있을 것이다.

그러고는 문득 '우리는 왜 요가를 해야만 하는 걸까? 왜 수련해야 하는 걸까?'라는 물음과 마주했다. 욕망에 찬 라자스적 기질과 타마스적 기질이 먹구름처럼 몰려올 때 그걸 알아차릴 수 있는 눈과 귀를 가지기 위함일까? 때로 내면에 들어차 있는 흙탕물 같은 감정들이 다 가라앉을 때까지 기다릴 힘을 갖기 위해서일까? 사색이 마무리될 무렵 「가브리엘의 오보에」 선율도 끝이 나고 있었다.

음악 한 곡 들었을 뿐인데, 그사이 거칠게 내리던 비가 다 그쳤다. 주위가 고요해졌고 모든 게 평안해 보였다. 그 후로 가끔 「가브리엘의 오보에」를 '송장 자세' 수련 시간에 틀어놓곤 했다. 이 곡에는 절로 사트바적 미소가 번지게 하는 힘이 있다. 듣기 좋은 음악이 있는 곳은 마음이 순해지는 곳이며, 마음이 순해지는 곳은 사트바적 에너지가 흐르는 곳이자 명상의 자리가 될 수 있다. 우리 내면의 마음과 감정은 눈에 보이지 않는 사소한 에너지의 힘으로 우주가 될 수도 있고, 눈 속의 티끌이 될 수도 있다. 매일 좋아하는 음악을 듣고, 노래하듯 움직이는 명상의 자리를 마련해야 하는 이유도 바로 여기에 있다.

숨을 멈추는 순간

팻 매스니와 찰리 헤이든의 재즈 앨범 〈Beyond the Missouri Sky〉에 있는 「Spiritual」은 요가 수련과 잘 어울리는 곡이다. 뉴에이지나 월드뮤직도 아닌 재즈 곡인데도 어쩜 이렇게 요가스러울 수가 있는지, 처음 듣자마자 반복 재생해 들었다. 이 곡을 가만히 듣다 보니 광활한 자연의 풍경이 떠올랐다. 쏟아지던 눈발이 겨울 바람에 돌연 방향을 바꿔 솟구치듯 흩날리고, 날리는 눈을 더 자세히 보고 싶어 회색빛 허공을 배경으로 겨울나무처럼 서 있던 그때가. 수천의 흰나비 떼처럼 날리던 눈발은 인간이 흉내 낼 수 없는 장엄한 자연현상이었다. 물론 팻 매스니 그룹이 이 곡을 만들 때 미 서부 캘리포니아의 대자연에서 영감을 받았다는 인터뷰를 본 건 이 곡을 알고 난 후였다.

요가는 매트 위에 혼자 올라서서 움직이는 수련이다. 물론 앞뒤로 다른 사람들의 매트가 놓이기도 하지만 각각의 매트 위에서 수련할 때는 늘 혼자다. 매트 아래 바닥에, 바닥 너머 대지에 뿌리를 내리듯 두 발을 단단히 딛고 선다. 하늘을 향해 두 팔을 뻗어올린다. 자신의 숨소리를 듣는다. 주위로 향했던 의식이 안으로 향하자 눈이 맑아지고 귀가 환해진다. 비로소 숨과 숨 사이에서 깊어진다.

「Spiritual」속 기타 소리에서도 숨의 흐름을 느낄 수 있다. 들숨과 날숨처럼 한 음 한 음 기를 모아 튕겨내는 강약의 기운이 들어 있다. 요가 수련의 호흡에서 숨을 내쉬기 전까지 몸 안에 가두어두는 순간을 '지식'이라고 한다. 들숨과 날숨 사이, 즉 지식의 순간이 요가 자세와 조화를 이룰 때 굳었던 몸과 마음속에서 부드러운 순환이 시작된다. 들이마신 숨을 허파와 폐, 복부와 치

골 위까지 채우고 속으로 1부터 7까지 천천히 세는 일은 쉬운 일이 아니다. '숨 멈춤'의 순간이라니, 듣기만 해도 어렵게 느껴질 만하다. 요가 매트 밖 세상살이 또한 지식의 순간을 견뎌내는 것과 다르지 않을 때가 있다. 지나고 보면 별일 아닌 것 같지만 숨 막힐 것 같은 순간은 누구나 겪는 일이다.

기타의 선율이 숨을 잘 골라내 감동적인 선율을 남기듯, 움직임에 집중해 가만히 숨을 고르는 것이 요가 수련이다. 들숨에 대지의 에너지, 대양, 붉은 노을이 지는 모습을 떠올려 내 안으로 불러들인다. 날숨에 불필요한 집착과 헛된 상념을 복부에서부터 가슴으로 끌어올려 코를 통해 내보낸다. 본래 내 안에 존재한 관대하고 귀한 마음을 의식적으로 떠올리며 그 기운을 들이마신다. 숨이 머무는 지식의 순간 최대한 복부와 가슴을 확장한다. '들숨 → 지식 → 속으로 숫자 1부터 7까지 세기 → 날숨' 이런 식으로 7회에서 8회 반복하다 보면 환하고 가벼워진 본래의 자신을 찾게 될 것이다.

누구든 지식의 순간에 들어온 감정을 견디지 못해 몸과 마음

이 아플 때가 있을 것이다. 나도 그랬다. 마음먹은 대로 일이 잘 안 풀렸을 때, 기대했던 일이 수포가 되었을 때, 좋은 글을 쓰고 싶다는 욕망 때문에 오히려 좋은 글을 쓰지 못할 때, 다 싫어서 지구를 떠나고 싶을 때, 내 마음과 의식이 순간의 감정에 사로잡혀 있을 때, 일정 시간이 지나면 언제 그랬냐는 듯 잊힐 감정 때문에 폭발하고 싶어질 때. 그럴 때는 일단 숨과 숨 사이에 머물러보기를 권한다. 지금 앉은 그 자리에서 밖으로 향한 마음을 잠시 안으로 들여서 들숨과 날숨 사이, 가둠과 풀어줌 사이, 자유와 구속 사이, 그 환하고 고요한 허공 속에 잠시 있어 보는 것이다.

이도 저도 다 하기 싫고 어렵게 느껴진다면, 그냥 좋아하는 음악에 호흡을 맡긴 채 음악 안에서 머물러보자. 우리는 한순간도 숨 없이는 생명을 이어갈 수 없는 존재들이다. 살아 있는 동안 평생을 함께해야 할 숨이기에, 숨을 소중히 알고 정성을 다해 배우고 성찰할 필요가 있다. 그렇지 않다면 이 불확실한 세상에서 수시로 다치는 자신의 감정을 어찌 다 헤아릴 수가 있겠는가.

챠크라 뮤직

인도 신화 속 여신의 이름과 같은 타라^{Tara}라는 요기가 있었다. 나는 타라 선생님의 부드러움과 카리스마를 갖춘 수련 지도 스타일에 끌려 클래스에 열심히 수련하러 나갔다. 그러던 어느 날 그녀가 수련 시간에 평소와 다른 느낌의 음악을 틀어놓은 적이 있었다. 그동안 들어왔던 요가 음악과는 사뭇 다른 느낌이었다. 그건 음악이라기보다는 자연의 소리와 닮은 대지를 두드리는 단순한 북소리에서부터 시작되었다. 나는 곧 그 음악에 빠져들었고, 수줍음 탓에 며칠을 벼르고 벼르다가 그녀에게 그 곡의 제목을 물었다.

"요즘 수련 시간에 틀어놓은 그 북소리는 누구 거죠?"

그 곡이 바로 글렌 벨레즈의 「리듬 오브 더 챠크라 뮤직」이다. 이 곡을 첨 들었을 때가 2004~2005년 무렵이니, 내가 한창 요가에 빠져 살던 때다. 물론 지금도 마찬가지지만. 글렌 벨레즈는 그래미어워즈 3회 수상의 영광을 누린 마스터 드러머이자 지도자, 작곡자인데, 나는 이 사실을 최근에야 알았다. 그저 대지를 두드리는 듯한 야성의 북소리가 좋았을 뿐, 사실 그밖에는 별 관심이 없었다. 그 후로도 이 곡이 너무 좋아서 2008년 귀국을 해서도 거의 날마다 수련 시간에 썼다.

'챠크라chakras'는 산스크리트어로 바퀴 또는 원형을 의미하며, 몸속에 잠재되어 있는 우주 에너지의 상승 경로라고 불리기도 한다. 이 북소리 음반의 시작은 붉은색으로 표현되는 기원의 두드림이다. 깨어나지 않은 우주 에너지, 즉 쿤달리니의 상승 경로에 첫 번째 챠크라를 깨워주는 의식의 북소리를 표현하는데, 꽤 극적으로 들려온다. 이렇게 시작된 일종의 소리 의식은 더욱 높은 단계로 끌어내기 위해 북소리의 강약과 리듬을 달리해 연주한다. 서서히 깨어나는 쿤달리니는 단계별로 에너지 변화를 통해 상승한다.

각각의 단계를 지날 때마다 육체와 감정은 변화를 겪게 된다. 챠크라는 자신의 몸 안에 흐르는 에너지를 느끼면서부터 인식되고, 육체뿐 아니라 정신적인 측면에서 내재되어 있는 능력을 알아차리도록 이끌어준다.

전면이 유리창인 요가 스튜디오에는 무게가 느껴지는 자줏빛 벨벳 커튼이 창 안팎에 드리워져 있었다. 한낮에도 자연광이 잘 들어오지 않는 깊은 동굴 같은 스튜디오에서 챠크라 뮤직과 함께하는 수련은 신비로운 느낌마저 들게 했다. 타라의 인상적인 수련 스타일을 잊지 못한 채, 2008년 새내기 요가 강사 시절부터 최근까지 수련 시간에 가장 많이 쓴 음악이 바로 이 곡이었다는 걸 함께했던 수련생들은 기억할 것이다.

단전, 즉 일곱 개의 챠크라 뮤직의 맨 아래층 대지의 뿌리로 부터 시작된 에너지 흐름이 순환과 정화의 과정을 거쳐 제3의 눈과 정수리에 닿을 때쯤, 북소리는 사뭇 다른 절제와 안정감을 주는 소리로 넘어간다. 깊은 호흡과 함께 한 움직임에서 활발했던 순환에너지는 몸을 따뜻하게 해주고, 그 에너지는 몸을 넘어 마음과 정신을 풍요롭고 안정감 있게 해준다. 글렌 벨레즈의 북소리 중 마지막 트랙, 일곱 번째 챠크라의 컬러는 보라색으로 표현되는 「Unity」이다. 요가 수련을 통해 감정을 정화시키고 소진된 에너지를 채워주기에 적당한 효과를 주는 음악이다.

요기들의 만트라

'크리슈나 다스'의 소울 가득한 목소리에 '스팅'이라니, 더할 나위 없는 조합이 아닐 수 없다. 크리슈나 다스는 인도의 힌두적 색채가 짙은 챈팅chanting 공연을 주로 해온 롱아일랜드 출신의 요기 보컬리스트이다. 스팅은 또 어떤가. 영국 출신으로 널리 알려진 명곡 「Shape Of My Heart」를 부른 보컬리스트이다. 힌두교의 크리슈나Krishna 신의 이름을 따온 듯한 크리슈나 다스라는 이름은 그 음악적 배경을 짐작하게 해준다. 그는 1996년부터 현재까지 14장의 앨범을 발매했으며 〈Live Ananda〉는 2013년 그래미어워즈 앨

범상 후보에 올랐고, 그해 그래미 시상식에서 공연을 했다. 그리고 나는 이 한 곡의 음악을 통해 그들에게 요가라는 공통 분모가 있음을 알게 되었다.

「마운틴 하레 크리슈나」를 처음 듣게 된 건 2004년 가을 무렵이었다. 일주일 내내 오전과 오후 교차 수련을 나가며 어떤 날은 하루에 두 번씩 요가 스튜디오를 찾던 때였다. 요가 스튜디오의 주인이자 강사였던 어더리의 수련 시간, 빈야사로 땀에 젖은 몸을 매트 위에 내려놓는데 그 순간 동굴 속 낮은 울림 같은 목소리가 들렸다. 멜로디에 목소리가 같이 나오는 음악이 요가 수련의 흐름을 방해할 때도 있는데, 이 곡은 그렇지 않았다. 스팅이 영어로 반복해 부르는 후반의 '어메이징 그레이스'처럼 신의 축복이 차오르듯 충만해지는 챈팅이었다. 그리고 한국에 돌아가 요가 지도를 하게 되면 반드시 이 곡을 들려줘야겠다 마음을 먹었었다.

아주 가끔 수련을 마친 후 수업 시간에 흘러나오던 음악을 알 수 있냐고 물어오는 수련생이 있다. 그럴 때면 오래전 내 모습이 떠올라 반가운 마음이 들기도 했다. 덕분에 크리슈나 다스를 처음 알게 되었다던 한 수련생은 「beautiful song」과 「my foolish heart」까지 듣고 와서는 "선생님, 이 사람 음악을 듣고 있으면 뭔가 가슴이 울컥해지기도 하고, 가사는 모르겠지만 마음이 충만해지는 그런 힘이 느껴져요"라는 말을 전해주기도 했다.

반복되는 가사인 '하레 크리슈나'는 '신을 경배한다'는 의미로 이해된다. 크리슈나는 비쉬뉴의 여덟 번째 화신으로 '매력적인 자'라는 뜻을 담고 있으며, 라마Rama는 비쉬뉴의 일곱 번째 화신의 이름이다. 신에게 감사하는 겸허한 마음과 자세를 반복해 부를 때 좋은 에너지가 생기는 건 자연스러운 이치 아닐까? 대중을 위해 만들어진 이 음악 또한 만트라와 챈팅이 되지 말라는 법은 없을 것 같다. 듣기에 좋고 수련에 도움이 된다면 그 자체만으로 수련 음악이 될 수 있을 것이며 감정을 지혜롭게 단련시키는 도구가 되지 말라는 법 또한 없을 것이다.

읽고 있던 책 속에서 음악이 소개되면 그 곡을 찾아 들어보는 편이다. 누군가 나처럼 이 글을 읽고 크리슈나 다스의 음악을 찾아 듣고 싶어질까 봐 곡에 반복되어 나오는 선율을 아래에 소개

해본다. 스팅과 크리슈나 다스가 다정히 화음을 넣어서, 낯선 언어의 의미를 알지 못해도 그냥 흥얼흥얼 따라 부르게 만드는 구간이다.

Hare Krishna Hare Krishna

하레 크리슈나 하레 크리슈나

Krishna Krishna Hare Hare

크리슈나 하레 하레

Hare Rama Hare Rama

하레 라마 하레 라마

Rama Rama Hare Hare

라마 라마 하레 하레

– Krishna Das 「Mountain Hare Krishna(ft. Sting)」

샌프란시스코의 걸인 요기

밥 말리 스타일의 레게머리 걸인 요기를 보았을 때 그냥 지나칠
수가 없었다. 하지만 그 레게머리 걸인은 누구의 시선도 개의치 않
고 한창 나무 자세 수련 중이었다. 14년 전 샌프란시스코 베이 지
역에 머물 때였다. 모처럼 관광객 모드가 되어 샌프란시스코 시내
에 있는 러시안 힐 근처를 거닐다 길 한복판에서 요가 하는 그를
마주친 거다. 담요와 옷가지가 들어찬 쇼핑 마켓 수레에는 1달러
를 달라는 표지판이 눈에 띄었다. 미국 도착 직후에 거리 노숙자
들이 빵이 아닌 커피 한 잔 마실 돈을 달라고 하는 걸 보고 커피

애호가로서 공감된 적이 있는데, 이번엔 요가라니. 길가 나무 옆에 서서 한 발로 균형을 잡고 서 있는 모습이 요가 수련자인 내 눈길을 잡아끌었다.

요가를 배우기 위해 상담받는 사람 중에는 가끔 남과 비교해서 생기는 걱정 때문에 망설여진다는 얘기를 하기도 한다.

"요가 하는 사람들은 다들 날씬한데 나만 뚱뚱한 거 같아요."

"몸이 너무 뻣뻣해요."

"요가 시간에 나만 못 따라 하는 거 아닐까요?"

"요가복이 안 어울릴 것 같아요."

언제부터 요가가 몸이 아름답고 이미 유연한 사람들이 하는 거라고 인식하게 되었을까? 날씬한 몸이어야만 욕망으로부터 자유로운, 고요하고 평정한 마음을 담을 수 있는 걸까?

남루한 차림새에 촘촘히 땋은 레게머리, 맨발로 요가하는 그는 어디에도 매여 있지 않아 보였다. 보이는 것처럼 그의 내면 또한 자유로운 영혼일지는 모르지만, 그는 온전히 자신의 수련에 집중해 있었다. 적어도 자신의 처지를 남과 비교하거나 스스로 위축되어 있지는 않아 보였다. 수련하기 좋은 고요한 장소에 향을 피우고 연꽃 좌로 앉아 명상과 요가 수련을 하면 더없이 좋을 것이다. 하지만 소란스러운 일상의 거리에서, 아무리 평정심을 유지하려 해도 하기 힘든 환경에서 깊은 숨으로 돌아갈 수 있는 공간을 마련한다는 건 자신을 위해 꼭 필요한 일이다. 하던 일을 잠시 멈추고 한 장의 매트를 펼칠 수 있는 마음을 가져보자. 그건 영혼의 허기를 채워주는 일이기 때문이다.

그때 만난 레게머리 걸인 요기를 종종 떠올려보면서, 내가 가진 선입견과 편견의 감정에 대해 생각해본다. 생각에 사로잡혀 시작하지도 못하고 흘려보낸 아까운 날들이 얼마나 많았을까? 이 책을 읽는 모든 이에게 얘기해주고 싶다. 혹여 요가 할 공간이 없어서 요가를 시작하지 못하고 있다면, 내 몸이 볼품없이 느껴져 자신이 없다면, 생각을 바꿔보는 건 어떨까.

요가뿐 아니라 살아가는 일, 살아가야 하는 매 순간 지나쳐버린 소중한 일들에 있어서도 다르지 않다. 새로운 일의 시작을 앞두고 너무 위축되지는 말았으면 좋겠다. 시작하면 길이 열릴 것이고 길 위에서 수련하면 그 자리가 움직이는 명상의 자리가 될 것이다. 그동안 남의 눈치 보느라, 너무 착해서 소심했던 우리는 좀 대담해질 필요가 있다. 남에게 피해를 주지 않는 선에서라면 얼마든지 그럴 필요가 충분히 있다. 레게머리 걸인 요기처럼은 아닐지라도.

레에서 온 싱잉 볼

마음, 감정, 영혼은 본능적으로 맑고 환한 소리와 빛에 이끌린다. 맑은 물소리, 새소리, 단순한 '싱잉 볼singing bowl' 소리를 들으면 마음도 따라 맑아진다. 부유하던 감정의 소용돌이가 가라앉아 잔잔해진다. 호수의 중심을 향해 던져졌던 돌 때문에 다시 떠오른 흙탕물도 맑은 새소리와 함께 언젠가 가라앉는다. 누구나 레를 다녀올 수는 없지만, 누구나 자신의 영혼이 좋아하는 소리 쪽으로 마음을 기울일 수는 있다.

오래전 라다크 여행 중에 레 시내에서 싱잉 볼 하나를 산 적이 있다. 고산병에 대한 주의를 들었음에도 라다크에 도착한 후에 지켜야 할 것들을 어겨서 말로만 듣던 고산증에 시달리던 중이었다. 다른 이들의 고산증 증상은 어땠는지 모르지만, 내게는 꽤 시적詩的인 경험이었다. 나른해짐과 동시에 찾아드는 격렬한 두통. 그 속에서 정신이 맑아지는 게 특별했다. 밤이 깊어지면 머릿속에서 거대한 기관차가 시동을 걸기 시작하는 것만 같았다. 시베리아를 횡단하는 기관차의 굉음이 이런 소리를 낼까? 밤이면 머릿속에서 바퀴가 돌아가듯 격렬한 두통이 더 심해졌다. 달팽이관에서부터 비롯된 울림은 성대를 타고 내려와 잠시 가슴께에 머물더니 심장이 두근대기 시작했다. 라다크도 처음인데다 고산증도 처음이니 오롯이 이 시간을 버티는 수밖에 도리가 없었다. 고산증이라는 통증을 받아들이기로 한 것이다.

외출 한 번 못한 채 내일이면 떠난다는 아쉬운 마음에 휘청거리는 몸으로 나섰던 레 시내. 첫눈에 띈 노인의 허름한 좌판에서 마주친 싱잉 볼. 예정되어 있던 것처럼 그 먼 곳에서 나를 만나 대한민국 경기도의 작은 요가실까지 날아왔다. 그리고 내가 머무는 공간마다 대지의 소리를 머금은 채 지금도 여전히 내 곁에 있다. 소중한 인연과 함께 온 어떤 물건은 물건 이상의 생명력과 함께 영혼마저 느껴진다.

연주법을 제대로 배운 적은 없건만 종종 싱잉 볼을 연주한다. 아니, 사실 연주라고 할 것까지도 없이 그저 입구를 문질러 소리를 낸다는 것이 더 적당한 표현일 거다. 왼손바닥에 볼을 올리고 오른손에 쥔 스틱으로 쨍 소리가 나도록 쳐준다. 그 후 퍼지는 공명은 어떤 집중의 힘으로 원을 그리느냐에 따라 넓고 깊이 퍼져나간다. 이 울림의 과정을 진행하며 놓치지 말아야 할 것은 싱잉 볼을 대하는 소중한 태도에 있다. 물론 주관적 느낌이지만, 나는 그렇게 경험했다.

어느 때는 소리가 맑고, 어느 때는 그렇지 않다. 그럼에도 싱잉 볼 소리를 들을 때면 레 거리에서 스쳐가던 낯익은 얼굴들, 태초의 푸른빛 신을 향해 간곡히 기도라도 올리듯 뻗어 올린 두 그루 미루나무가 떠오른다. 촛불과 함께하는 요가 수련 시간, 요가 자세에 들어가기 전 싱잉 볼을 울린다. 내 마음과 의식은 어느새 먼

히말라야의 신성하게 빛나는 은빛 이마와 마주하고 있다. 융기한 태초의 대륙 같았던 레 산맥의 능선과 푸른 물감을 쏟아놓은 것 같았던 하늘. 거기 존재했던 최초의 인간처럼 순수한 영혼을 그리며 명상 주발을 울린다.

대체로 수련생들은 수련을 안내하는 자의 의식과 느낌에 영향을 받는다. 때문에 라다크를 모르는 수련생들조차 어머니 대지의 품에 안긴 아기처럼 평안해져서 그 소리의 주파수에 몸과 마음을 내려놓곤 한다. 라다크는 험한 산맥과 깊은 골짜기, 높은 고원으로 이루어진 강인하고 소박한 유목민들의 땅이다. 척박하지만 평화롭고 건강한 영혼이 숨쉬는 땅에서 온 이 장식 없는 소리에는 지친 감정을 쉬게 해주는 힘이 들어 있다. 수련의 끈을 놓지 않고 뚜벅뚜벅 걸어가다 보면 언젠가 내 안에도 좋은 에너지와 진동만이 가득하지 않을까. 소망, 아니 욕심을 내다 말고 오늘 하루의 명상을, 산책을, 길고양이들 밥부터 주고 와야겠다고 마음먹는다.

무화과나무를 보는 시간

북 캘리포니아 샌프란시스코의 오크 파크 아파트에는 거실에 비해 큰 창이 있고, 창 너머로 무화과나무가 보였다. 바람이 불거나 그렇지 않은 날에도 나무는 가지가 흔들리면 흔들리는 대로 그 자리에 서서 자신의 에너지를 나눠주고 있었다. 사실 무슨 나무인지도 모르고 스페인 시인 로르카의 〈몽유의 민요시〉에 나오는 "무화과 가지는 바람을 문지르고"라는 시어가 좋아 무책임하게도 무화과나무라 불렀었다. 지칠 대로 지친 감정에서 벗어나고 싶을 때 갔던 곳, 샌프란시스코. 내 마음을 아는 것마냥 우기雨氣도,

157

겨울도 없는 그곳의 날씨는 그 자체로 흐린 나의 감정을 달래주었다.

구름 한 점 없는 파란 하늘 아래 서 있던 무화과나무는 수시로 광합성 하는 모습을 보여주었다. 1년 내내 햇빛이 비치는 곳에 자리 잡은 채 뿌리로 흙 속의 양분을 흡수하며 잎이 질 새 없이 반짝이며 싱그러웠다. 요가의 호흡 수련을 뜻하는 '프라나야마 Pranayama'를 떠올릴 수밖에 없는 모습이었다.

되도록 창가에 바짝 붙여놓은 의자에 깊숙이 앉아 광합성 중인 무화과나무를 따라 '승리자의 호흡'이라 하는 '우짜이 프라나야마 Ujjayi Pranayama'를 따라 하곤 했다. 입을 닫고 코를 열어서 하는 호흡. 속으로 "하나, 둘, 셋, 넷……" 하고 헤아리며 코를 통해 들이마신 숨은 입천장을 지난다. 입천장을 지나는 숨의 소리는 흡사 대양의 호흡과도 같은 소리가 나서 이 호흡법을 'Ocean Breathing'이라 부르기도 한다. 대양의 숨소리를 내며 입천장을 지나온 숨은 이제 후두를 지나 폐에 채워지며 가슴을 확장시킨다. 시적인 표현을 빌려보자면, 대양의 호흡은 가슴속에 푸른 바

158

다를 품는 일이다. 그리고 이것이 프라나야마의 첫 번째 단계라 볼 수 있다.

로르카를 떠올리는 동안 봄이 성큼 더 가까이 다가오고 있다. 연노랑 물감을 엎지르듯 엎치락뒤치락 산수유가 피어난다. 이 무렵 봄꽃들은 존재만으로도 위안이며 축복이다. 온갖 연함을 품은 봄꽃들이 지고 나면 수줍은 연초록의 잎사귀들이 꽃이 진 나무를 뒤덮기 시작한다. 봄은 짧아서 더 애틋하고, 그래서 이 시기에 더 자주 걸어다닌다. 걸을 수 있는 이 순간이 내 삶의 가장 아름다운 때라는 생각과 함께 오로지 걷기에만 집중한다.

애초에 존재하지 않았을 무화과나무를 보는 시간이 내 명상의 시간이었다. 나무에 나만 아는 이름을 붙여 부르기 시작하자 기적처럼 프라나야마를 선물해주었다. 내가 원하는 온전한 쉼이 막연하기만 할 때 일단 햇빛 쪽을 향해 서 있어 보자. 스마트폰을 끄고 하늘을 보거나 눈을 감은 채 자신의 호흡을 느껴보기를 바란다. 감정의 파도로부터 살짝 비켜 나와 숨의 순간에 머무르는 것이다. 무화과나무라 불러줄 나무가 마땅치 않다면 오래전 어디서

든 보았을 나무 한 그루씩을 마음에서 불러내보는 거다. 거기 기대어 무화과나무 명상을 해보는 거다.

흔들리기 싫은데 흔들리는 지겨운 순간에도, 심지어 욱하는 순간에도, 버스나 전철에 탔을 때도 나무의 기억을 떠올려보기를 바란다. 호흡과 걷기는 감정적으로 예민한 사람들에게 아주 좋은 친구이자 영양제이다. 아주아주 화가 많아 몸이 자주 아팠던 사람의 쓸 만한 경험담이다.

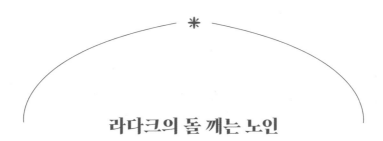

라다크의 돌 깨는 노인

일행이 탄 버스가 라다크 시내를 빠져나가며 잠시 서 있을 때였
다. 배경 음악처럼 깔리는 사람들의 소음 속에서 일정한 간격을
두고 규칙적인 소리가 들려왔다. 어찌나 쩌렁쩌렁하던지 다들 고
개를 돌려 소리의 진원지를 찾기에 분주했다. 창밖이었다. 노인이
제 몸보다 더 큰 돌 위에 앉아 밑그림 그은 흰 선을 향해 정을 내
리치고 있었다. 쏟아지는 여행자들의 시선을 느끼지 못했을 리 없
겠지만, 그는 그저 자기 일을 하고 있었다. 노인은 마치 돌을 깨기
위해 존재하는 사람같이 보였다. 돌을 깨며 늙어가고, 돌 깨는 일

이 경전을 읽는 일인 것처럼 한 점 흐트러짐이 없었고, 그에게선 경건한 기운마저 감돌았다.

　세계에서 고도가 가장 높은 지역 가운데 하나인 라다크는 히말라야 산맥 서쪽의 라다크 산맥을 비롯해 카라코람 산맥과 인더스강 상류 지역을 포함하고 있다. 고원과 깊은 골짜기가 많아 여름에도 무척 서늘하다는 것을 고원지대인 국경을 넘을 때 실감했다. 잔스카르강과 인더스강이 합류하는 강어귀에 있는 마을엔 큰 바위들이 널려 있었다. 1년에 3개월간 열리는 여름날, 그들은 침묵 속에서 일을 한다. 돌을 깨 벽돌을 만들고, 집을 짓고, 풀을 베어 모아 가축들 식량을 준비한다.

　헬레나 노르베리-호지의 《오래된 미래》에 나올 법한 노인의 모습을 보며 그 역시 예고 없이 들이닥친 서구의 문물과 관광객들을 겪어냈을 거라 여겨졌다. 노인을 보며 라다크행이 결정되고 레 공항에 첫발을 딛기까지 사로잡혀 있던 어떤 가책의 정체와 정면으로 마주하는 느낌이 들었다. 쉽게 규정하기 힘든 복잡함이었다. 그 경건한(?) 노동의 현장에는 흔한 플라스틱 물병 하나가 없었다.

외부를 향해 단 한 번의 눈길도 허락하지 않은 채 집채만 한 돌을 깨는 노인의 행위는 비폭력의 저항이며 일종의 명상이었다. 적어도 내게는 그렇게 느껴졌다.

고원의 하늘은 정수리에 호숫물을 쏟아낼 듯 지나치게 푸르렀고, 멀리 보이는 산들은 태초에 솟아오른 대륙의 자태로 침묵 속에 있었다. 누군가의 명상을 방해하는 것만큼 신이 보시기에 한심한 일이 또 있을까? 어쩌면 문명인들의 오지 여행이란 대지의 명상을 방해하는 행위에 불과할 수도 있을 것이다. 노인은 어떤 말도, 눈빛도, 손짓도 하지 않았지만 단지 돌을 깨는 노동을 통해서 무거운 메시지를 전하고 있었다.

신종 전염병으로 하늘길이 막히고 나니 언제쯤 예전의 생활로 돌아가게 될지, 그렇게 되긴 할지 막막하다. 그러나 한편에 드는 마음은 관광객들로 몸살을 앓던 곳, 특히 자연이 아름다운 오지의 곳곳이 여행지들로 인해 방해를 받지 않고 명상에 들겠구나 싶다. 여행이 그립지만, 꼭 그렇지만도 않다. 여행보다 더 시급한 건 지구가 회복되는 일, 자연이 다시 생기를 찾는 일이기에 그렇

다. 쉽게 누려왔던 것들에 대한 반성과 회복을 위한 우리의 노력
이 필요할 때이다.

시언이를 찾습니다

아침 수련 후 종종 요가원 근처에 있는 카페에 들러 차 한잔과 함께 책을 읽곤 했다. 그날도 나는 카페에 들렀다 나서는 길이었다. 그런데 웬 강아지가 목줄도 없이 앞만 보고 걸어가는 게 아닌가. 마침 같은 방향이기도 했지만 일단 몇 걸음 뒤에서 따라 걸으며 강아지 주인이 나타나길 기다렸다. 하지만 아무리 둘러봐도 주인은 없고 거리에는 행인들뿐이었다. 그냥 지나쳐 가기에는 강아지가 위험해 보여서 꽤 난처한 상황이었다.

여름에 이 나라에서 유기견이 되면 매우 위험하고도 참담한 일을 당할 게 자명하다. 하지만 이런 걸 알 리 없는 녀석은 태평스럽기만 했다. 냄새를 맡느라 코를 킁킁대며 걷다가, 벽돌 쌓인 공사장 주위를 얼쩡대다가, 차가 쌩쌩 달리는 큰길 옆을 대수롭지 않게 행진 중이었다. 그런데 때마침 반대편에서 걸어오던 한 소녀가 멈추어 섰고, 소녀는 방향을 바꾸어 강아지를 따라 홀린 듯 함께 걸었다. "대체 어디를 향해 그리 부지런히 가는 거니?" 붙잡고 물어보기라도 할 수 있으면 좋으련만. 이대로 계속 가다 보면 사거리가 나올 테고, 그럼 위험한 상황에 처할 게 뻔했다. 순간 우리는 누가 먼저랄 것도 없이 동시에 그 녀석을 붙잡았다.

그 짧은 순간 불편한 생각들이 머릿속을 스쳐 지나갔다. 반려동물이 문득 귀찮아지면 휴가지나 산속에 버린다던 그 믿고 싶지 않던 뉴스도 떠올랐다.

'일부러 버린 거면 혹시 내가 거두어야 하는 건 아닐까. 이미 고양이를 두 마리나 키우고 있는 처지에 이 녀석까지 어찌 키우지? 메르씨와 초원이가 스트레스 받지는 않을까?'

도대체 이 녀석을 어찌해야 할지 여러 생각들이 바삐 오갔다.

그때 주민자치센터가 눈에 들어왔다. 막막해서 일단 그곳에 들어갔지만 유기동물 보호 창구 같은 건 보이지 않았고, 막상 무슨 말부터 꺼내야 할지도 몰라 강아지를 안고 공연히 눈치만 보았다. 그러다 "저……" 하고 조심스레 말을 꺼내려는데 직원 한 사람이 달려 나왔다. 그렇지 않아도 30분 전쯤에 근처에서 한 할머니와 함께 있던 강아지가 어느새 혼자 돌아다녀서 걱정되긴 했는데, 설마 그사이 그렇게 멀리 갈 줄은 몰랐다는 거였다. 그러면서 할머니가 계신 곳을 알 것 같다며 앞장서주었다.

다행히 산책로에서 할머니를 바로 찾을 수 있었다. 행운이었다. 할머니는 이런 일이 처음이 아닌 듯 그리 놀란 것 같진 않았지만, 강아지를 찾고 있던 것은 분명해 보여 안도감이 들었다. 나는 조심하시라며 은근한 압력과 당부 말씀을 드렸다. 2019년 기준으로 한 해에 버려지는 유기견의 숫자가 십만 마리라고 한다. 그것도 매해 6월부터 8월까지 유명 휴양지에 놀러 가서 버리는 경우가 많다는데, 반려동물과 함께하는 인구 천만 시대의 어둡고도 불편한 민낯이 아닐 수 없다. 그러고 보니 갑작스레 강아지를 안고 사무실을 찾았을 때 진심으로 걱정하며 일 처리를 해준 주민센터 직원분에게 고마운 마음이 든다.

   할머니와 강아지, 직원까지 모두 돌아가고, 소녀와 단둘이 남아 이런저런 얘기를 나누며 걸었다. 그제야 소녀의 이름이 시언이라는 것도, 근처 초등학교에 다니는 5학년생이라는 것도 알게 되었다. 요가실 근처 아파트에 사는 것도, 집에서 점심을 먹고 방과 후 수업을 받으러 학교에 가는 길이었다는 것도 알게 되었다. 강아지를 놓칠까 봐 꼭 끌어안고 종종걸음으로 가던 시언이. 나는 그게 너무 고마워서 뭐라도 주고 싶었고, 배낭에 겨우 몇 개 들어 있던 목캔디를 꺼내주면서 마지막 인사를 했다.

   "우리가 같이 강아지 주인을 찾을 수 있어서 다행이야."

   그리고 "넌 참 특별한 아이이고 우리가 다시 만났으면 좋겠어"라고 덧붙이며 시언이를 꼭 안아주었다. 시간이 많이 흘러 지금 시언이는 숙녀가 되었을 것이다. 시언이가 혹은 시언이를 아는 누군가가 이 글을 읽게 되면 좋겠다. 그리고 만약 다시 만날 수 있다면 시언이와 함께 예쁜 창이 있는 비건 카페에 가고 싶다. 시언이는 틀림없이 따뜻하고 책임감 있는 어른이 되어 있을 것 같다. 그가 살아갈 세상이 더욱 아름답고 평화롭기를 기도해본다.

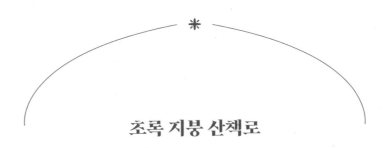

초록 지붕 산책로

초여름이 시작되고 잎이 무성해지면 초록의 시대가 온다. 알맞게 여백을 둔 초록 지붕 사이로 하늘이 얼핏얼핏 보이는 곳. '초록 지붕 산책로'라는 이름을 붙여줄 수밖에 없는 길이 있었다. 단풍이 들면 그 모습대로 보기 좋았고, 잎이 다 지고 난 뒤엔 적막에 쌓인 길을 걷기에 좋았다.

오전 수련을 마치고 집으로 돌아가다가 병아리처럼 작고 귀여운 아이들과 마주쳤다. 놀이방 아이들이 바깥놀이를 하는 시간이 없나 보다. 어쩌다 보니 나는 관찰자가 되어 그 아이들을 지켜보고 있었다. 고개를 뒤로 젖히고 나무를 올려다보는 사색가형 아이, 그냥 앞만 보고 걸어가는 아이, 선생님의 손을 꼭 잡고 가는 아이, 자꾸 줄을 벗어나 혼자 걸으려는 아이 등 다양한 아이들이 보였다.

그때 내 시야에 다정하게 손을 잡고 걸어가는 아이들이 들어왔다. 무슨 할 얘기가 그리 많은지 속삭속닥거리며 행복한 얼굴을 하고 있었다. 마치 어린 연인처럼. 나는 그 시간을 방해하고 싶지 않아 일부러 거리를 두고 그 뒤를 천천히 뒤따라 걸었다. 그렇게 아이들과 같이 걷다 보니 나 역시 가슴이 벅차고 행복했다. 그 순수한 기운이 초록의 길을 빛내며 내게로 전해지는 것 같아서. 맑은 청포도처럼, 신록의 계절처럼 아이들의 싱그러움이 산책로를 밝히는 것 같아서.

그런데 그 순간 글로벌 뉴스에서 본 전쟁통에 공포로 질린 한 아이의 눈빛이 떠올랐다. 산책로 아이들의 미소와 전혀 대비되는 그 모습이 말이다. 하지만 그것도 잠시뿐이었다. 초록 지붕 산책로에서의 시간이 지구 곳곳에서 벌어지고 있는 세상의 불행들을 잊을 수 있을 만큼 환한 에너지로 가득 채워주었다. 치유의 기운을 품은 초록 지붕 산책로에서 걷는 이 시간이 귀하게 느껴져 눈물이 다 맺힐 지경이었다.

어느새 어린 커플은 저만치 내 시야를 벗어나 걸어가고 있었다. 나는 그 모습을 바라보다가 잠시 멈춰 기도를 했다.

'지금 이 순간, 행복을 넘어서는 소박한 감동의 힘으로 이 세상 모든 고통과 슬픔이 사라지기를!'

세상을 움직이는 건 이 아이들의 순수한 미소 한 줌, 조건 없는 사랑, 이 아침에 새로 뜨는 태양이 아닐까. 우리는 세상의 불행 앞에 슬퍼하는 것 외엔 할 수 있는 게 없는 약한 존재이지만, 이 기도만은 하늘에 닿아 이루어지기를 바랐다. 그 순간엔 그렇게 믿기로 했다. 폭력 앞에 노출된 세상의 아이들을 위해서. 나마스테.

시절인연

그동안 나는 다양한 직업을 가진 수련생들을 만났다. 주부, 회사원, 공무원, 사진작가, 싱어송라이터, 발레리나, 댄서, 대학생, 고등학생, 교사, 화가, 쥬얼리 디자이너, 자영업자 등등. 그중에는 포도 농사를 짓던 농사꾼 수련생도 있었다. 주부이자 농사꾼인 그녀의 하루는 이른 새벽에 시작해 온종일 쉴 틈 없이 바쁘게 돌아간다고 했다. 그래서인지 그녀의 몸에는 열심히 일한 흔적이 고스란히 배어 있었다. 어깨는 늘 뭉쳐 올라와 있고 등도 그러했다.

그녀는 아무리 바빠도 "요가를 하러 오는 시간이 유일한 휴식이고 행복이에요"라며 성실하게 수련을 하러 나왔다. 그런데 그런 그녀도 결석을 하는 때가 있었으니, 바로 포도 수확을 하는 계절이다. 그녀가 결석하면 나는 집에서라도 다운 독 자세로 어깨와 등을 풀어주라고 숙제 아닌 숙제를 내줬다. 해마다 8월 말이 되면 생각이 난다. 수련생들과 함께 그녀의 포도를 주문해서 먹던 여름날도, 빽빽하게 붙어 있지 않고 적당히 간격을 벌리고 있는 포도알도. 포도알 사이에 아름다운 거리가 있어서 그런지 포도는 향기롭고 달콤했다. 포도알에서 그녀의 마음이 느껴졌다.

그녀는 늘 노심초사했다. 비가 오면 너무 많이 올까 봐, 비가 오지 않으면 또 너무 오지 않을까 봐, 바람이 불면 바람 때문에 포도 걱정을 했다. 그뿐인가. 수확 때 포도알이 여물어가면 먼 곳에 자식을 보내는 것 같아서 서운해진다고 했다. 그런데 나는 그 감정을 알 것 같았다. 비록 그녀와 이야기를 나눌 기회는 별로 없었지만, 말없이도 통하는 사이랄까. 그 성실한 삶이 그대로 이해되곤 했다.

포도 수확이 끝나는 9월 말에서 10월까지도 포도 농사는 끝난 게 아니란 걸 그녀를 통해 알게 되었다. 농부가 마른 넝쿨을 거두고 밭을 뒤엎고 나면 이제 밑동만 남은 포도나무는 봄이 올 때까지 제자리에서 잘 견뎌내야만 하는 것이다. 어쩐지 빈 포도밭에 가면 열매를 가득 품고 초록으로 빛나던 때를 지나 최소의 뿌리로 매서운 겨울을 견디는 포도나무의 영혼을 마주칠 수 있을 것 같다.

　포도의 보랏빛은 일곱 개의 챠크라 컬러 중 제3의 눈에 해당하는 초자아^{아트만}의 빛과 같은 계열의 컬러이다. 세상에서 가장 달콤한 과즙으로 채워졌을 것 같은 캠벨의 보랏빛과 챠크라라니, 세상에 연결되지 않은 존재들은 없다는 걸 새삼 또 느낀다. 농사꾼 수련생의 집에서 거리가 좀 떨어진 곳으로 이사 오게 된 후 자연스레 캠벨 포도와도 거리를 두게 되었다. 너무 오래 달콤한 맛에 길들여져 있었으니 이제 적당히 거리를 두라는 신의 뜻이 아닐까.

　시절인연이란 게 사람과의 관계만 해당되는 건 아닌 것 같다. 이사로 멀어진 캠벨 포도의 달콤한 맛이 요즘은 그리 아쉽지가 않으니 말이다. 시간이 흐르면서 좋아하는 빛깔도 바뀌고 맛도 바뀐다. 다만 소멸하지 않는 건 남아 있는 좋은 기억들, 곧 자신만의 걸음으로 뚜벅뚜벅 견디며 걸어온 정신만이 유일하다. 그리고 이것이 지금 내가 깨어 있어야 할 이유이다. 매일 느끼고, 쓰고, 울고, 웃는 그 순간이 귀하고 또 귀한 까닭이기도 하다.

산책로 인터뷰

요가실 옆 산책로의 공기가 상쾌한 11월 어느 아침이었다. 수요일에 오는 뻥튀기 차 근처에서는 까치 몇몇이 튀밥 부스러기를 기다리며 맴돌았고, 조금 남은 가을의 온기를 품어주듯 빛바랜 낙엽들이 쌓여 있는 모습은 마치 11월의 마음처럼 느껴졌다. 산책로를 가운데 두고 양쪽으로 늘어선 나무들이 만든 아치형 터널은 늘 보기 좋아서, 언제나 그 길에는 산책하는 사람들이 있었다.

그날도 산책로에는 어르신 몇 분이 걷고 있었고, 나는 작은 언덕을 왼편에 두고 요가실에서 산책로로 이어지는 계단을 내려오고 있었다. 그 길 커다란 나무 옆에는 항시 빈 통이 놓여져 있는데, 바로 도자기 캣맘이 밥을 주는 구역 중 한 곳이다. 그런데 어쩐지 그날은 그곳에 다른 누군가 서 있었다. 혹시 길고양이에게 밥 주는 것에 불만을 가진 동네 주민인가 싶어 나도 모르게 조심스레 다가섰다. 아니나 다를까. 할머니 한 분이 고양이 밥그릇에 손을 대고 있었고, 속내를 알 수 없는 고양이 녀석이 그 앞에 웅크려 앉아 있었다.

나는 소심하게 물었다.

"저기…… 무슨 일이세요?"

"아니, 고양이가 밥을 먹으러 왔는데 사료가 얼마 안 남아서 그런지 먹기 힘들어 보이더라고요. 남은 거라도 먹기 쉽게 통을 기울여주는 거예요."

그 순간 괜한 걱정을 했구나 싶었다. 나는 얼른 배낭에 있던 휴대용 고양이 사료를 꺼내 비어 있는 밥그릇에 넉넉히 부어주었다.

"아휴, 세상에나! 여기 지날 때마다 누가 고양이들 밥을 주는지 궁금했어요."

그러면서 참 착한 일을 한다며, 자식들이 잘될 거라는 등 온갖 칭찬을 쏟아내셔서 내가 다 민망할 지경이었다. 밥이 채워질 때까지 기다렸다는 듯 덩치 큰 고양이 녀석은 어느새 다가와 먹고 있었고, 역시나 그가 남긴 밥은 까치들 차지가 되었다.

그로부터 시작된 할머니와의 대화는 산책로를 두 번이나 오가며 이어졌다. 얼마 전 산책로에 놓인 나무 밥그릇과 새 모이로 뿌려진 좁쌀을 보면서 누가 한 일인지 무척 궁금하던 차였는데, 그 주인공이 할머니였다는 걸 알게 되었다. 할머니는 내가 밥 주는 구역인 경로당 뒤쪽도 알고 계셨다. 나는 너무나 반가워 할머니를 꼭 안아드렸다. 그러자 할머니는 쑥스러우신 듯 "에이, 참 착하기도 하네" 하며 소녀처럼 웃으셨다.

대화는 더 길어져 할머니는 자신의 이야기를 풀어놓기 시작하셨다. 어쩐 일인지 나도 열일 제쳐두고 할머니 이야기가 듣고 싶어졌다. 할머니는 이곳에 사신 지 20년이 되셨고, 퇴행성관절염이 심해지기 전까지 근처 모락산에 새벽마다 새 모이를 주러 가셨다고 했다. 산은 아니지만 나 또한 새 모이를 들고 다니는 처지라 그 또한 반가웠다. 할머니는 유기견 이야기도 해주셨다. 오래전 유기견을 데려다 키운 적이 있었는데, 당시 가세가 힘들어지면서 믿을 만하다고 여긴 지인의 집에 보내야만 했단다. 집안이 안정을 찾았을 때 데려오려고 했는데, 강아지를 보고 온 지 얼마 지나지 않은 여름날 참담한 일이 생겼다고 했다. 할머니가 보러 간 날, 강아지는 작별 인사를 하듯 하염없이 할머니를 바라보았다고 한다. 마치 자신이 곧 죽는다는 걸 알았던 것처럼. 할머니는 이 이야기를 하시면서 자신을 한참 바라보던 강아지의 그 눈빛이 아직도 생각난다며 눈물을 훔치셨다.

그 후 할머니는 자책과 함께 올라오는 증오의 감정을 달래려고 새 모이를 주기 시작했다고 하셨다. 매일 이른 아침에 자잘한 곡식을 챙겨서 인근 산을 돌아다녔고, 그렇게 몇 년을 보내자 다친 마음과 함께 약해졌던 몸도 조금씩 나아지셨다고 한다. 산에 들어서면 산새들이 소리를 내는 게 자신을 알아보는 게 틀림없다며 흐뭇해하시면서도 곧 이렇게 말씀하셨다.

"사람은 잘해줄수록 배신하지만 동물은 절대 배신하지 않지요."
지난 세월의 풍파가 녹록지 않았던 걸까. 이 한마디가 곧 여든

이시라는 할머니의 삶을 미루어 짐작케 했다.

소리와 춤을 좋아하는 활동적인 예술가였지만 지금은 몸이 약해져서 이 산책로 걷는 게 유일한 운동이라는 할머니의 얘기부터 근처 H 아파트의 길고양이 밥 주시는 노부부, 캣맘들의 세계까지 이야기는 끝도 없이 이어졌다. 그리고 나는 마치 인터뷰어라도 된 듯 계속되는 할머니의 이야기를 마음에 새기며 열심히 들었다. 그런데 자기 얘기를 그렇게 한참 쏟아내시던 할머니가 갑자기 무언가 생각나셨는지 "바쁠 텐데 가던 길 어서 가요" 하면서 주춤주춤 뒤돌아가셨다.

"저는 저 건물 2층에 있는 요가원 선생이에요. 또 뵈어요!"
마지막으로 건강하시라는 인사도 하면서, 멀어져가는 할머니의 뒷모습을 폰 사진으로 한 장 담았다. 할머니의 뒷모습에 저물어가는 한 세계가 보이는 것 같았다. 비록 그 모습이 쓸쓸해 보이지 않았다고 말할 수는 없지만, 그 안에 담긴 사랑이 보여 마음 한쪽이 환해졌다. 그리고 나는 "처음 만난 내게 쏟아낸 그 에너지도 사랑이었노라" 이렇게 되뇌었다.

여신의 짜이 파티

인도에서 돌아온 후 일주일은 짜이 축제의 나날이었다. '짜이 Chai'
는 인도인들이 일상에서 즐기는 차로, 현지에서는 '마살라 짜이
Masala Chai'라 불린다. 어디에서나 쉽게 만날 수 있는 대중적인 먹을
거리다. 연말과 새해 첫날을 이역異域에서, 그것도 인도에서 보내게
된 특별한 경험은 열흘간의 남인도 예술 문화 기행 때문이었다.

　어쩌다 보니 일행을 벗어난 이들끼리 야시장엘 가게 되었다. 한
국에서라면 하지 못했을 자유의 맛을 즐기고 싶은, 마음 맞는 사

람들이었다. 축제를 즐기는 인도인들처럼 머리에 꽃을 꽂고 시장 구석구석을 누비다가 우연히 어느 가게로 들어갔다. 그런데 그곳이 바로 시장통에 소문난 짜이 맛집이었다. 어두운 골목길, 훅 올라오는 남국의 열기 속에서 한 잔의 짜이를 기다렸다. 그리고 그런 기대에 보답하기라도 하듯, 주인장은 주전자를 높이 쳐들더니 작은 잔에 흘리지도 않고 차를 따르는 묘기를 보여주었다. 몰래 와서 그런 걸까. 그때 탈영병(?)끼리 마신 짜이는 더 뜨겁고 달콤했다.

여행 때문에 잠시 닫았던 요가원과 수련의 빈자리를 이해하고 기다려준 수련생들에게 그때 그 짜이 맛과 느낌을 보여주고 싶었다. 나는 일주일 내내 집에서 연습을 했다. 남인도 께랄라주 국경을 넘어 초록 융단처럼 깔려 있던 무나르 힐에서 날아온 신선한 홍차를 듬뿍 넣고, 첨가물이 들어가지 않은 두유와 카더몬 열매, 유기농 설탕을 더해 팔팔 끓였다(비건 짜이로 제조하기 위해 우유 대신 두유를 사용했다). 한 잔 천천히 시음해보며 두유의 양과 당도를 조절하기도 했다. 그래서 우리집 부엌에선 일주일 내내 짜이 향이 흘러넘쳤다.

인도 여행의 잔영이 남아서인지 짜이를 마시면 카더몬 향과 무나르 힐의 녹차 향이 코끝에 와닿았다. 마치 맨발로 어두운 사원을 걷던 그 신비한 시간으로 순간 이동을 하는 것만 같았다. '하나의 망고'라는 뜻을 가진 남인도의 엑캄바레스와라 신전, 오랜 세월 맨발로 걸어서인지 유난히 검은 돌바닥이 반질거리고 형언하기 힘들 정도로 신비한 기운이 느껴지는 그곳으로.

수천 년 전 크리슈나가 머물거나 지나갔을지도 모를 길을 따라 걸으며, 나는 마치 크리슈나를 사랑하는 여인의 환영이라도 된 듯 길을 헤매고 있었다. 안개 자욱한 아루나찰레스와르 신전의 천 개의 기둥 뒤에서 불현듯 길고 흰 손이 내 손을 잡아당겼다. 시공을 초월한 영원 속으로 함께 날아갈지도 모른다는 환상이 두려움보다는 설렘으로 다가왔다. 자스민 꽃향기를 맡으며 미로 같은 신전의 내부가 너무도 낯익게 느껴지는 데자뷔였다. 안개처럼 피어나는 연기 속에서 떠오르는 그것이 환영인지 실제인지 아직도 알 길이 없다.

파티에서 촛불이 빠질 수 없었다. 음악은 인도 델리 국제공항의 요기샵에서 구입한 히말라야 요기 '이샤'의 「White Mountain」을 틀었다. 너울너울 춤추는 촛불을 가운데 두고 우리는 어머니 대지의 품속으로 아이들처럼 모여 앉았다. 다음은 소매 끝으로 갈수록 통이 넓어지는 붉은빛 인도 꾸르따Kurta를 입은 여신이 눈을 마주치며 뜨거운 짜이를 따라줄 차례다. 아라비아 해변의 일출과 고원지대 국경을 지날 때 모자를 팔던 사내의 눈빛, 해변의 사원으로 매일 빗자루질을 하러 출근하던 여인의 얘기……. 밤을 지새우고도 남을 소설 같은 인도 이야기를 계속 이어갔다. 이야기를 하다가 가끔 여백이 생기면 음악을 듣고 짜이를 마시며 춤추는 촛불의 그림자를 봤다. 그렇게 짜이 파티는 계속되었고 일주일 후 막을 내렸다.

제4장

지금 이 순간,
아힘사 플로우

지금 이 순간, 내 안의 신이
내 앞에 계신 당신 안의
신을 향해 경배드립니다

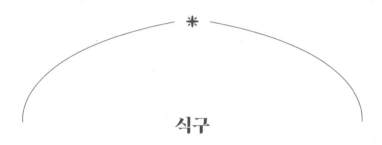

식구

이 세계에도 규칙이 있다. 이를테면 길고양이들이 먹을 만큼 먹고 자리를 비키고 나서야 어디선가 날아온 새들이 자리를 잡고 먹기 시작한다는 것. 여름에는 민달팽이들이, 겨울에는 새들이, 고양이들 밥을 나눠 먹는다. 엄연히 한솥밥 먹는 식구인 거다. 식구食口의 사전적 의미는 '한집에서 함께 살면서 끼니를 같이하는 사람', 즉 허물없는 사이라는 뜻이다. 거기에 더해 '식구'란 익숙한 틀 안에서 어쩜 서로를 잘 알거나 그 반대일 수도 있을 거란 생각도 든다.

식구를 떠올리며 천천히 "식구"라고 발음해보자, 둥근 밥상에 빙 둘러앉아 밥을 먹는 사극에서나 볼 법한 모습이 떠올랐다. 갈수록 식구끼리 한자리에 모여 밥 먹는 일도 간단치 않은 일이 되어버렸기 때문인 듯하다. 물론 바쁘게 돌아가는 현대인들의 삶 때문이기도 하지만, '함께'라는 가치보다 '개인'에 더 비중을 둔 생활방식의 변화라고도 볼 수 있다.

범인이 누군지 알 수 없지만, 거리에서 뒤집어놓거나 멀찌감치 던져놓은 빈 사료 통을 보는 건 흔한 일이다. 주위에 깃털 몇 개가 떨어져 있는 걸 보면, 매우 부산스러웠을 밥상의 장면이 눈에 그려진다. 이리저리 굴러다니는 빈 두부 갑은 "아줌마, 여기 밥 다 먹었으니 얼른 신선한 사료와 물 좀 가져다줘요!"라고 당당히 요구하는 무언의 명령(?)처럼 보이기도 한다.

도움이 필요한 상대에게 돈이나 음식을 주고 나면 그뿐, 인사나 그 밖의 어떤 표현도 기대하지 말아야 하는 게 인도 스타일이다. 나 역시 그걸 알고 인도 여행을 했다. 한 소녀에게 알록달록한 목걸이를 산 적이 있었다. 바가지를 쓰게 될까 봐 우려를 보내는

시선이 고스란히 느껴졌지만, 그보다는 소녀의 좌판이 더 궁금했다. 짧지만 일종의 흥정도 했는데, 간절함과 당당함이 함께 들어 있는 소녀의 눈빛을 보고는 부르는 대로 값을 주고 샀다. 그나마 잘한 일이었다. 좌판에 몇 개 남아 있던 소녀의 목걸이를 다 사들였다면 그 저녁 소녀는 어린 동생들에게 넉넉한 빵과 과일을 사줄 수 있었을지도 모를 일이었다. 목걸이는 사고 나서 얼마 지나지 않아 코팅이 벗겨졌지만, 목걸이를 보면서 한동안 그 길 위의 순간이 떠올랐다. 생각을 하지 않는 건 여전히 어려운 일이다. 여전히 계산을 하고, 그러다 보면 순수한 영혼의 자리는 어느새 멀어져버리고 만다.

어떤 형태든 자선이라고 생각하면 그 순간 이미 자선이 아닌 게 되어버린다. 그저 자신의 에고를 확인하는 것뿐. 은근히 셈이 빠르고 따지기 좋아하는 내가 길 위의 동물들에게 밥을 주게 된 것도 내 부족함을 채워가는 과정이라고 생각한다. 신이 보시기에는 소녀, 새, 고양이, 민달팽이 등 우리 모두가 한 지붕 아래 한솥밥 먹는 식구일 거다. 마음이란 게 참 이상하다. 어떤 땐 바늘구멍처럼 좁다가도 또 어떤 땐 광대한 우주처럼 품이 넓어지기도 하니까. 고양이가 먹는 밥을 까치나 비둘기, 민달팽이가 먹는다 한들 한 식구끼리 나누는 일은 이상한 일이 아니라는 걸, 오늘은 온전히 이해하는 마음이 든다. 그러나 내일 내 마음이 바늘구멍이 되지 말라는 법이 없기에, 걷고 명상하고 호흡과 함께 몸을 움직여 본다.

식구, 참 좋은 말이다.
모르는 당신 또한 내 식구!
그러니 마음껏 행복하시길 바라며, 나마스테.

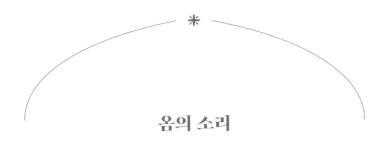

옴의 소리

만트라나 챈팅에서 자주 소리 내는 '옴^AUM'은 마음을 고요하게 해서 요가 수련에 도움을 준다. 《파탄잘리의 요가수트라》에서는 이 옴을 염송하고 명상하면 모든 장애물이 사라진다고 나와 있는데, 이때 '장애물'은 질병, 권태, 의심, 부주의, 나태, 성욕, 환영, 무기력, 불안정 등 마음을 어지럽히는 감정 상태를 말한다. '만트라'는 타인에게 축복을 주고, 자신의 몸을 보호해주며, 깨달음의 지혜를 획득하기 위해서 외우는 신비한 위력을 가진 단어로 알려진다. 좋은 에너지를 품고 있는 소리를 반복하고 자신과 주위를 이롭게 하는 일종의 의식적 수련 형태라 할 수 있다. 조화롭고 안정적인 클래식 음악을 자주 들려준 과수원의 과일나무가 잘 자라나 좋은 열매를 맺는 것과도 같은 이치가 아닐까.

한자리에 모인 타인들이 같은 시공간에서 내는 옴의 소리는 오래전부터 알고 지낸 사람들의 화음처럼 느껴지기도 한다. 옴이라는 단어의 뜻 그 이상의 이해와 울림으로 다가오는 것이다. 그간 경험했던 것 중 가장 장엄했던 옴의 순간은 발리 우붓의 한 요가원에서 나눈 옴이었다. 인종과 국적이 다른 전 세계 각지에서 모인 요가 수련자들이 가슴 앞에 두 손을 모아 내는 웅장한 옴 만트라의 순간은, 우주 안에서 서로 연결된 듯 충만한 기운을 불러왔다.

'옴'을 글자 형태로 풀면, 제일 위부터 순서대로 '하늘, 대지, 인간'을 가리킨다. 우리 몸의 상부와 중심과 하부를 상징한다고 볼 수 있다. 멀리서 보면 둥근데 가까이 들여다보면 삼라만상이 다 들어 있는 듯하다. 태양계를 떠도는 수많은 별과 지상의 풀잎에 매달린 작은 이슬방울도 동그랗게 반짝인다. 그러고 보면 이 세상에 별이 아닌 것이 없고, 반짝이지 않는 게 없다.

'옴'은 대우주 안에 존재하는 '나'라는 소우주를 중심으로 별들이 원을 그리며 모였다 흩어졌다 하는 소리와 닮았다. 무수히 반짝이는 별들의 바다 한가운데 홀로 깨어 반짝이는 별처럼, 우주의 시작과 끝은 여성과 남성을 상징한다. 개인적 자아와 초자아의 하나 됨, 완전한 평정심의 상태를 상징하는 소리가 바로 옴이다.

　어느 해 겨울 뜻밖의 상황에서 옴과 마주친 적이 있다. 수업 중 무심코 요가실 창밖을 보다가 좁은 발코니에 총총히 머리를 맞대고 모여 있는 수많은 새를 본 것이다. 추위를 피해 요가실 지붕 아래 좁은 공간으로 날아든 거였다. 그날 이후 수련실에 나가 제일 먼저 한 일은 창밖 공간에 새 모이를 주는 거였다. 곡식 알갱이들이 싸늘한 겨울 아침 허공을 가르고 촤르르 바닥에 떨어지며 울려 퍼지는 소리에서 옴의 소리를 듣게 되었다. 그 소리와 함께 창밖 높은 나뭇가지에 그림자처럼 앉아 있던 겨울새들이 움츠렸던 날개를 펴는 기척이 선명하게 들려왔다.

　봄, 여름, 가을의 색을 다 지워내고 투명해진 겨울은 고뇌와 성찰을 통해 지혜로운 이마를 가진 노인을 닮았다. 고요히 머물러 있으나 겨울나무는 지난 계절의 풍요를 다 품고 있다. 설렘은 사라졌으나 깊고 은근한 울림이 있다. 무채색의 허공을 배경으로 겨울나무 가지 끝에 앉은 새들은 그래서 안정적이다. 모이를 준 후 새들을 살펴보는 일도 그 겨울의 일과가 되어 있었다. 이 나무, 저 나무로 날아다니는 분주한 움직임에서 좁쌀 한 알도 나누어 먹으려는 겨울새들의 다정함을 보았다. 옴의 소리는 우주의 소리, 좁쌀 한 알 속에 깃든 우주의 소리를 알아챈 새들에게서, 깊고도 둥근 '옴의 마음'을 느낄 수 있었다.

요가 수련과 명상의 바탕 위에 옴의 자비로움이 깃들어야 한다는 것도 겨울새들의 모이를 주며 어렴풋이나마 알아차리게 되었다. 지금은 인연이 다해 아직도 요가실 창가에 겨울새들이 날아드는지 알지 못한다. 다만 누군가 춥고 배고픈 새들을 발견한다면 그들에게 모이를 주겠지, 아니면 다른 어떤 곳을 찾아 날아갔겠지 생각해본다. 옴으로 열고 옴으로 닫는 요가 수련을 넘어 진정 아름다운 옴의 소리란 무엇일까? 지금껏 살아오며 소리 내온 내 옴의 빛깔과 음색은 얼마나 맑고 따스했던 걸까. 가만히 뒤돌아본다.

무심히 지나칠 수 없는 것들

천변 산책길에 삼색 고양이가 마른 들풀 가지를 건드리며 혼자 노는 것을 다시 보게 되었다. 낮고 어두운 곳에서 살아가는 약한 생명들, 그들의 삶이 더 고단해지는 11월이다. 배고픈 비둘기들은 위험을 무릅쓰고 쓰레기와 발길 사이를 서성인다. 간혹 왜곡된 화가 들어찬 사람 중에는 저항할 수 없는 약한 존재들을 괴롭히며 비열한 욕망을 드러낸다. 그런 뉴스는 피하고 싶은데, 예전보다 더 자주 들려오는 게 마음 아픈 일이다. 진심으로 그만 보고 싶다. 다친 비둘기도, 마음이 변하면 버려진다는 반려동물들도, 폭우 속

축사를 겨우 탈출해 지붕 위에 올라가 살아남고 싶었던 소도, 고성 어디에선가 또 발병했다는 AI 뉴스도.

동쪽 천변에 초고층 건물을 지으면서 그곳에 자리 잡았던 나무들을 뽑아 치우는 걸 보았다. 기계에 뽑혀 들어 올려진 나무의 뿌리가, 사나운 이에게 잡힌 머리채처럼 함부로 땅에 끌리며 심하게 흔들렸다. 더러는 새로 심어진 곳에서 살아남기도 하고 더러는 못 견디고 말라 죽었을 것이다. 한 층 한 층 건물이 올라갈수록 주위의 풍경이 변해갔다. 거기에 그치지 않고 천을 막아 다리 공사까지 한단다. 물길의 흐름에 변화를 주고 수많은 생명이 숨 쉬고 살아가는 물이 탁해질 건 자명한 일. 개발과 분양이라는 투자 가치를 내세웠지만, 대단한 폭력이다. 마음이 불편해지는 게 싫어서 그날 이후 동쪽 천변 산책을 포기했지만, 결국 서쪽 천변으로부터 흘러내려 오는 탁한 물을 보고는 그냥 지켜볼 수만은 없어서 민원을 넣었다.

집 근처 대형마트에 갔다가 마트 입구 계단 옆에 허술하게 묶인 채 혼자 있는 강아지를 보고 말았다. 간단히 한두 가지 필요한 걸 사서 가려던 참이었다. 바람이 꽤 차갑게 부는데도 나도 모르게 발길을 멈춘 채 그 강아지를 지켜보고 있었는데, 5분이 지나고 10분이 지나도 그 흰 스피츠 강아지의 보호자는 오지 않았다. 마트 옆에는 택시들이 줄을 서 있었고, 나이 지긋해 보이는 남자분이 그 강아지를 자꾸 보는 것도 왠지 신경이 쓰였다. 강아지의 새카만 눈은 오직 사람들이 드나드는 입구만을 바라보고 있었다. 그냥 지나치지 못한 탓에 30분 이상을 길에서 소비하고 있다가 더는 안 되겠다 싶어 다시 매장 안으로 들어가 방송을 요청하려는데, 강아지가 짖기 시작했다. 강아지 보호자가 드디어 마트에서 나온 거다. 나는 천천히 그의 뒤를 따라가 최대한 상냥한 태도로 일종의 조언을 했다. 내심 '무슨 상관이냐?'라고 할까 봐 걱정이었는데, 다행히 아무 말도 하지 않았다.

다들 그렇겠지만 나 역시 남의 일에 참견하거나 참견받는 걸 좋아하지 않는 편이다. 그런데 언제부터인가 무슨 일이 있으면 그냥 지나치지 못하는 사람이 되고 말았다. 귀찮아서 못 본 척하려다가도 결국 외면하지 못한다. 진짜 못 본 게 아니니까. 그냥 지나쳐서는 마음이 편하지 않으니까. 길고양이 밥을 준 것도 그렇게 시작했던 것이다. 10년 전쯤인가, 장맛비가 주룩주룩 내리는 7월의 어느 날이었다. 모든 걸 체념한 듯 터덜터덜 비를 맞으며 길을 건너는 고양이를 본 후로, 나는 캣맘이 되었다. 아니, 되어버리고 말았다. 그때부터 나는 고양이를 볼 때 귀엽다는 감정보다는 안타깝거나 슬픈 감정이 먼저 들었다.

어쩌다 보니 자주 기도하는 사람이 되었다. 종교를 떠나 견디기 힘든 감정 때문에 생긴 습관인데, 내 힘으로 아무것도 할 수 없을 때 그 자리에서 모든 신께 기도를 한다. 묶여 있던 강아지를 위해서, 대형마트 좁은 플라스틱 상자 안에 갇혀 있던 토끼를 위해서, 매 순간 주인에게 버려지는 동물들과 지구상에 존재하는 모든 연약한 생명들을 위해서. 내 마음이 편해지려고 시작했는데 어느 순간 이 기도에 점점 근육이 붙는 것 같다.

몸이 불편하면 매트 위에 올라가 요가를 하고, 마음이 불편하면 명상을 한다. 내게 명상은 기도이며 산책이기도 하다. 누구에게든 자기 영혼의 중심에 존재하는 구루가 있다. 구루가 전해주는 시를 듣고 싶을 땐 나만의 1인용 텐트 안으로 들어가보자. 지혜와 치유는 고요한 순간에 찾아오기 때문이다. 아직도 많이 부족하지만 나 역시 늘 기도하려고 노력한다. 어렵지만 매일 명상하려고 애쓴다. 해가 뜨기 전, 잠들기 전, 자꾸 드러눕고 싶은 내 영혼을 깨워서 일으켜 세운다.

나도 모르게 저지른 내 죄에 대해서 인식하게 되기를,
고통을 준 대상들에게 사죄하기를,
내면에 있는 본래의 빛과 자비로움이
조화를 이루어 늘 평정하고 지혜롭기를.
무엇보다 이 기도를 잊지 않고 살아가기를 간절히 원한다.
나마스테.

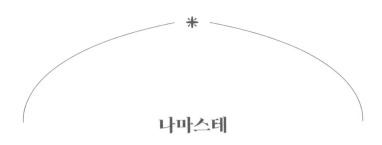

나마스테

요가 수련을 마치면 가슴 앞에 두 손을 모아 공손히 인사를 한다.

"나마스테!"

인도와 네팔 등지에서는 '안녕하세요'처럼 흔한 인사말로 요가원에서는 흔히 쓰이는 표현인데, 그 외에는 가끔 쓴다. 그런데 이 '나마스테'라는 인사말에 담긴 뜻이 좀 특별하다.

"지금 이 순간, 내 안에 존재하는 신이 내 앞의 당신 안에 존재하는 신께 겸허히 경배드립니다."

이런 의미이다. 그래서 "나마스테" 하고 인사하다 보면 자기도 모르게 상대에 대한 존중과 자기 자신을 향한 존중이 한층 더 생기는 것만 같다.

새로운 요가 회원이 들어와 수련 전 이야기를 나누는 시간, 나마스테에 대한 주제는 꼭 빠지지 않고 한다. 그러면서 요가 선생인 나 스스로 나마스테의 태도에 대한 각성도 하게 된다.

'너는 얼마나 겸손했는가. 얼마나 다정하고 친절했는가. 그 무엇보다 아힘사의 태도를 유지했는가.'

말이 다정해지면 마음이 다정해진다. 말이 겸손해지면 마음이 겸손해진다. 그러다 보면 표정도 부드러워진다. 내 앞에 있던 사람들에게 그런 내 마음과 수련의 태도는 거울처럼 반사되어, 공간이 한결 더 따스한 빛으로 채워진다. '나마스테'는 존중과 겸손이 바탕이 되는 인사말이다. 그래서 마음에서 우러나오는 이 겸손한 한마디를 할 때면 메마른 영혼을 적시는 기운으로 바뀐다.

'아힘사'와 '나마스테'의 지향점은 서로 닮아 있다. 파탄잘리*의

---

* 인도 힌두교 사상가로서, 요가 학파의 창시자이다.

《요가 수트라》에는 요가 수행의 8단계 중 첫 단계인 다섯 가지 야마에 속하는 '아힘사 철학'은 동물의 도살과 육식을 금한다는 점에서 채식과 깊은 관련이 있다고 나온다. 그래서 이런 꿈같은 생각을 해본다. '종교와 정치, 종과 종을 넘어 나마스테적인 존중이 아힘사의 자비로움과 함께 세상에 퍼져나간다면 얼마나 좋을까?' 하고 말이다. 동물과 식물, 그것을 다 품고 있는 자연과 지구, 이 모두가 조화를 이루어나가는 세상을 꿈꿔본다. 비록 지금은 엘리베이터에서 사람들을 마주쳐도 서로 외면하는 현실이라 할지라도, 조금씩이라도 존중과 겸손이 세상 속으로 퍼져나가기를 기도해본다.

바짝 마른 나무처럼 내 감정이 메마르고 팍팍해질 때, 단비를 부르는 체로키족의 레인메이커처럼 가슴 앞에 두 손을 모으고 그대로 있어보자. 내 안에 있는 본래의 평화, 아름다움, 조화, 자비로움, 고요함을 향한 겸허한 인사로 자신을 믿고 존중해보자. 나도 몰랐던 그 사랑이 깨어나 내 마음속에 충만함으로 가득 차오르게 될지 누가 알 것인가. 감정은 선한 에너지 앞에서 불행해지거나 들끓을 기미를 보이지 않는다. 오로지 그 선한 에너지를 알아

줄 때 비로소 바다처럼 넓고 고요해진다. 그동안 익숙하게 써왔던 외래어들의 자리에 조금은 낯설지 모르겠지만 '나마스테'와 '아힘사'를 포함시키면 좋을 것 같다. 뜻을 헤아려 인사하면 할수록, 그 의미를 헤아려 지켜나갈수록 지혜롭고 아름다워질 것 같기 때문이다.

고양이가 지나간 길

밥 한 끼와 좋은 날씨만으로도 주어진 삶에 감사하듯 우아하게 발걸음을 옮기던 어떤 날이었다. 한 시간 전, 아니 5분 전쯤에 고양이가 지나갔을지도 모를 밤길을 계속 걸었다. 그렇게 걷다 보면 매일 먹는 밥, 그 외에도 많은 종류의 음식과 물, 물건, 시간을 소비하고도 만족을 모르는 옹졸한 에고와 마주쳤다. 그럴 때면 사이로 구루의 음성이 들려오는 것만 같다.

한걸음에 숨을 내쉬고, 한걸음에 숨을 들이쉬며 걸었다. 불과

몇 시간 전, 동생과 다투고 나오는 길이었다. 오해하는 상대에게, 오해받고 함부로 당했다 믿는 나는 자신의 논리를 펼쳐나갔다. 잘못된 이해나 오해도 다 자신의 에고 때문에 생긴 것인 줄 알았다면 일어나지 않을 일이었다. 하지만 그날 우리는 병상의 어머니 앞에서 유치하고도 집요하게 상처를 헤집어 서로를 아프게 했다.

사람들이 떠나고 난 후의 텅 빈 아파트 단지는 적막을 즐기기에 썩 괜찮은 공간이 된다. 연말, 설 연휴, 추석 같은 때가 그런 때인데 일단 사람들 눈치를 볼 필요 없이 길고양이들에게 밥을 줄 수 있는 점이 편하다. 대개는 사람들의 눈을 피해 밥을 주지만, 인적이 드물어지면 길고양이나 캣맘들이 편안해지는 시간일 것이다.

"그래, 오늘 밤엔 불안해하지 말고 마음 편히 먹어라."

다른 때보다 사료를 넉넉히 챙겨 담은 가방을 왼쪽 어깨에 둘러메고 나선 밤길이었다. 길고양이들을 위한 일이었지만, 사실 내가 받는 게 더 많은 행위이자 시간이기도 했다. 건강한 두 다리로 온전히 비어 있는 길을 걸을 수 있는 순간의 행복을 알게 해준 게 어쩌면 길고양이 밥 주기였다. 한없이 귀찮은 일이지만, 밥을 주고 나서야 다리 뻗고 잘 수 있는 일종의 수련이었다.

'어둠이 걷히고 새벽이 밝아오기 시작하면, 떠났던 사람들이 돌아오겠지? 분주하고도 익숙한 소음으로 아파트 단지는 다시 북적거리게 되겠지?'

적막을 즐기던 시간은 사라질 테고, 잠시 평온했던 마음자리 또한 그럴지도 모를 일이다. 하지만 그저 사료가 든 가방을 메고 텅 빈 길을 걷는 것만으로도 충만했던 순간으로 기억하기로 했다. 걷다가 길을 헤매게 될지라도 멈추지는 말아야겠다. 내 마음속의 오두막, 비어 있어서 더 환한 불빛을 잊지 않을 것이다.

동네 한 바퀴를 돌며 길고양이 밥 주기를 마치고 나니, 어둠 속에 벤치 하나가 보였다. 잠시 앉아 습관처럼 하늘을 올려다보니 교회 첨탑 위 십자가가 붉은빛이 아닌 은빛이다. 어둠 속에 숨어 핀 작은 흰 꽃 같다. 이 밤, 고양이들도 어딘가에 숨어 저 꽃잎 같은 십자가를 보고 있을 것만 같다.

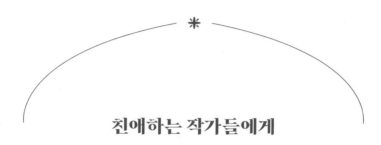

친애하는 작가들에게

사람의 머리 무게는 다른 동물들과 비교해봤을 때 크고 무겁다고 한다. 대략 평균 5킬로그램 내외로, 뇌의 무게가 체중의 2퍼센트라고 하니 대단한 일이다. 우리는 이렇게나 무거운 머리를 잠잘 때를 제외하고 몸의 맨 꼭대기에 둔 채 평생을 살아간다.

작가는 한밤중에 깨어 기다리는 사람이다. 한 바가지 마중물을 녹슬고 망가진 우물에 끌없이 부어서라도 저 깊은 곳으로부터 생수를 끌어올리는 사람이다. 쉽게 나아가지 않는 문장 앞에 깜

박이는 커서를 놓은 채, 뭘 해도 거기에 온 신경을 쏟는 사람이다. 의식의 만년필에 푸른 잉크가 채워질 때까지 기다리고 또 기다리는 사람이다. 어쩌면 평생 만나지 못할 애인을 갈망하는, 마치지 못한 한 줄의 문장이 담긴 파일을 보물처럼 모시는 사람이다. 자기 혼자 뿌듯해하는 사람이다. 세상에 남을 좋은 작품을 쓰는 일도, 봐주는 독자를 만나는 일도 만만치 않다는 걸 잘 알면서도 혼자 있을 때 자존감이 높아지는 사람, 홀로 깨어 절망하며 깊은 밤의 강을 위태롭게 건너가는 사람이다. 그러니 개인적 견해를 더해보자면 창작의 열망을 품고 살아가는 작가들의 머리 무게는 이보다 한층 더 무겁지 않을까 싶다.

무거워진 머리를 어머니 대지의 품에 안기듯이 내려놓는 일련의 요가 동작을 하는 건 작가에게 꼭 필요한 일이다. 고개를 깊이 숙이면 숙일수록 맑은 피가 흘러가 머리는 가벼워지고, 들끓어 범람했던 의식은 점차 고요해지며, 좋은 글을 쓰고 싶은 욕망 아닌 욕망, 집착 아닌 집착에서 점차 자유로워짐을 느끼게 된다. 작가는 만져지지 않는 것을 열망하는 이들이다. 물질적으로 계산이나 환산할 수 있는, 그런 관계적 이익을 추구해서는 안 되는 직업이다.

스스로 중심에서 벗어나 치열한 혼자와의 싸움으로 아름다움을 획득하는 일이란 얼마나 멋진 일인가? 아무것도 남지 않는 허공에 불과하더라도 자신이 추구하는 정신 안에 우주가 있고 아름다움이 있다면 그건 신이 좋아하실 일일 것이다. 그래서 작가의 시간은 함부로 훼손되지 말아야 한다.

지금은 21세기 자본주의의 가치가 범람하는 상인의 시간이다. 시인의 시간, 작가의 시간을 건너는 일은 어렵기만 하다. 그래서 그걸 지켜내는 일 또한 더욱 귀한 일일 것이다. 이들에게 자주, 머리를 많이 숙이는 자세들을 권하고 싶다. 몸보다 무거워진 머리와 양어깨를 짓누르는 상처의 무게로부터 종종 벗어나기를 바란다.

길고도 견고한 고독을 견딘 후에야 만날지도 모를
직관의 날개를 달고 훨훨 날아오르기를,
푸른 의식의 강물이 갇혀 있던 문장의 둑을 터뜨리기를,
마침내 범람하게 되기를.
온 마음 모아 기도한다.

사트바의 정원에서

우주는 눈으로 보고 만질 수 없으나, 확실히 존재하는 구나^{Guna} 라고 불리는 세 가지 특성의 에너지로 구성된 힌두 철학은 완전 내 취향이었다. 이 세 가지 특성의 에너지는 물성을 지닌 존재에 다 스며 있어 각각 서로 균형을 이루고 있다는 말로 이해가 되었 다. 이 세 에너지의 이름은 사트바^{Sattva: 순수성}, 라자스^{Rajas: 행동, 감정, 변화 과정}, 타마스^{Tamas: 어둠, 정체성}이다. 나는 이 철학을 마주한 후로 '사트 바'라고 읽을 때 입 안에 맴도는 발음의 여운을 좋아했고, 그 실체 에 가까워지고 싶다는 소망을 갖게 되었다.

세 가지 구나 The Three Gunas 와 음식의 관계는 이런 식이다. 첫 번째로 요가 수행자들에게 가장 적합한 건 사트바적 음식이다. 몸에 영양을 공급하고 마음을 고요와 평화 속에 머무는 데 도움을 줄 뿐 아니라 잠재력을 최대한 끌어내 개발시켜 준다. 또한 건강한 몸과 마음의 평화가 조화를 이뤄 밝은 에너지가 차오르게 해 주며 이런 영향을 주는 음식의 종류는 다음과 같다. 곡물, 밀가루, 빵, 신선한 과일, 채소, 과일 주스, 우유, 버터, 치즈 등이다. 요가 철학 아힘사를 지향하는 요가 수련자라면 우유와 버터, 치즈를 대체할 만한, 최대한 가공을 지양하는 자연 식물식 식단으로 전환해도 좋을 것이다.

두 번째로는 매우 뜨겁고, 많이 맵고, 쓰고, 시고, 건조하고, 짠, 라자스적인 음식이다. 몸과 마음의 조화를 깨며 열정과 흥분을 일으키게 되며 항상 안절부절한 불안감을 느끼게 된다. 라자스적 바탕을 이루는 음식 종류로는 뜨거운 속성과 강한 양념, 자극성이 강한 커피, 차, 생선, 달걀, 소금과 초콜릿 등이며 빨리 먹는 식사 습관 또한 라자스적인 것에 속한다고 할 수 있다.

세 번째로는 타마스적인 음식인데 요가 수행자들에게 가장 적합하지 않으며 몸과 마음에 유해하다. 기氣, 그러니까 프라나에너지가 빠져나가며 질병에 대한 저항력을 소멸시키는 역할을 하고, 성냄과 분노로 인한 어두운 감정에 가득 차 있게 한다. 타마스적 바탕을 이루는 음식 종류로는 고기, 알코올, 담배, 양파, 마늘, 고춧가루나 식초, 발효식품 등이다. 신선하지 않거나 너무 익은 과일, 태운 것들도 타마스적인 음식에 포함된다. 과식하는 것 또한 타마스적인 것에 해당한다 볼 수 있을 것이다.

음식이 기질에 미치는 영향이 이토록 밀접해 있다니, 먹는 것이 그 사람을 이룬다는 말이 그냥 나온 말은 아닐 것이다. 자연스레 내 감정의 에너지들에 대해서도 구나와 연결해보게 되었다. 어떤 음악과 날씨, 환경, 새로 만나는 사람, 과일 안에서도 구나를 찾아볼 수 있다. 일단 에너지가 형체를 갖게 되면 이 세 가지 특성 중 하나가 지배적이게 된다. 예를 들어 알맞게 익은 과일과 아름다운 거리를 유지하는 사람 사이의 관계는 사트바적일 것이다. 무르익어 매사 넘치거나 과잉하면 라자스적이고, 너무 익어 오래되거나 부작용의 단계는 타마스적으로 볼 수 있다. 하지만 이 세 가지

에너지를 칼로 무 자르듯 구분 짓는 일은 어려운 일이다. 사과가 익기 시작하면 어떤 한 부분은 이미 썩기 시작하거나, 범죄자라 해도 진심으로 참회해 타마스를 벗어나 사트바를 향해 가는 인간 형도 존재하기 때문이다. 섬세히 말하자면 이 기질의 관계는 어느 한 상태에서 다른 상태로 변하는 과정에 주목할 필요가 있다고 본다.

밝고 순수하고 선한 특성을 갖고 평온한 감정의 상태를 유지하는 사람. 세상의 부조리함에 저항하지만 남의 단점을 향한 잣대보다 나에 대해 더 엄격한 기준을 유지하는 사람. 개인의 평안을 넘어 전 우주의 평안을 위해 기도하는 사람. 온유하되 강한 사람. 이것이 내가 바라는 내 모습이다. 여전히 이렇게 되기 위한 과정 중에 있지만, 요가 수련과 비건 라이프로의 전환은 사트바적 인간형으로 점차 굳건해질 거라는 희망을 품게 해주었다.

두말할 것 없이 나처럼 예민하고 감정적인 사람에게 적합한 음식은 몸에 영양을 공급하고 평화로운 마음 상태를 유지시켜 주는 사트바적인 음식이다. 음식은 단순히 몸의 허기와 영양공급 이

외에 마음과 정신에 영향을 준다. 과거의 한때, 나는 꽤 라자스적 기질에 지배된 사람이었다. 욕망에 자주 사로잡혔었다는 고백이 기도 하다. 간혹 우울감이 심해지는 시기에는 타마스적 기질 쪽에 가까워지기도 했을 것이다. 음식도 가리지 않던 시기였다.

살면서 꽤 잘한 일 한 가지만 고르라는 질문을 받는다면, 우선은 비건으로서의 삶을 선택한 거라 말할 수 있다. 무엇보다 타 생명의 고통을 담보로 하지 않고도 건강하게 먹을 수 있어서 좋다. 고통의 에너지를 느끼지 않으니 몸의 움직임이 가벼워지고 그러다 보니 마음의 무거움도 덜어지기 시작했다. 수련자로서의 균형감이 생겼다. 수천 년 전 진지하게 수행하는 인도의 요기들을 대상으로 수행자들에게 좋은 음식과 피해야 할 음식을 선명히 구분해 권한 방식이 꽤 논리적으로 다가온다.

사트바의 정원을 가꾸는 정원사로 살고 싶다. 하루라는 긴 영원의 시간을 명상으로 마무리하고 잠든 후, 이른 아침 창을 열면 이름 모를 작은 꽃들이 미풍에 흔들리며 나를 향해 웃어준다. 사트바의 정원을 가꾸는 일은 하루를 여는 아침 명상으로 시작한다. 비교적 깨끗하고 조용한 시간에 편하게 앉아 눈을 감는다. 작은 꽃밭을 가꾸는 일은 주어진 삶을 가꾸는 일이다. 힘들었던 내 감정들을 살피고 다독이며 균형을 잡는 일이다. 내 안의 신을 찾는 일이다. 상처받은 잎들은 충분한 햇빛과 이슬을 머금게 해주고, 잡풀이라고 여겨 함부로 뽑지 않는다. 스스로 조화로운 풀로, 꽃으로 정원에 스며들기를, 거듭나기를 가만히 기다려줄 것이다.[*]

---

[*] 시바난다 요가센터《요가》(하남출판사)의 본문 중 '세 가지 구나(The Three Gunas)' 부분을 참고했다.

부록

감정 근육
레시피

✱ 기분 좋은 루틴을 만드는 법

좋은 기운을
끌어오고 싶을 때 — 아침 루틴

1. 자리에서 일어나 제일 먼저 온수와 정수를 2대 1로 따라 천천히 마신다.

2. 집 안에서 가장 햇빛이 잘 들어오는 곳을 찾아본다.

3. 적당히 자리 잡고 난 후 실눈을 뜨고 햇빛 주위를 지긋이 바라본다.

4. 잠시 눈을 감고 잔영으로 남는 짙은 빛을 느껴본다.

5. 들숨과 날숨을 의식하며 깊은 호흡을 시작한다.

6. 숨을 들이마시며 태양이 주는 축복을 전신에 맞이한다.

7. 숨을 내쉬며 지금 들어오는 축복을 내 몸과 마음, 심장, 관절, 피부, 신경 곳곳으로 보낸다.

8. 가능한 만큼의 호흡과 에너지에 집중하며 기분 좋을 오늘 하루를 떠올려본다.

**좋은 잠을
자고 싶을 때 ── 저녁 루틴**

1. 집에 돌아오면 어렵더라도 전자기기로부터 멀어질 준비를 한다.

2. 샤워를 하거나 여건이 되면 반신욕이나 족욕을 한다.

3. 10~11시 무렵부터 집 안에서 가장 조용하고 방해받지 않을 곳을 찾아 앉는다.

4. 눈을 감고 편안하게 호흡하며 "나는 지금 여기에 존재할 뿐이다" 하고 낮게 중얼
   거린다. 하루 중 안 좋은 일이 있었다면 특별히 더 호흡에 집중한다.

5. 숨을 들이마시며 밤하늘의 별과 달의 에너지와 축복을 전신에 맞이한다.

6. 숨을 내쉬며 낮에 머물렀던 기운들을 싹 내보낸다.

7. 반복적으로 호흡하며 "오늘 참 잘 살았어, 이제 잘 쉬자"라고 스스로 칭찬해준다.

8. 따뜻한 카모마일 차, 혹은 배와 무를 2대 1로 갈아 만든 주스 등 숙면에 좋은 차
   를 마신다.

✱ 단순하지만 참 좋은 요가 자세

등과 어깨, 척추에 좋은 자세

---

1. 고개 숙인 개 자세

① 손가락 사이는 단풍잎처럼 활짝 편 상태, 엄지손가락은 더 깊숙이 손바닥으로 바닥을 밀어내듯 확고히 짚는다.

② 무릎을 펴서 발뒤꿈치가 바닥에 닿게 한다. 하지만 너무 애쓰지는 말자. 무릎을 펼 때 힘들면 무릎을 살짝 굽히되, 어깨나 목에 힘이 들어가지 않게 한다.

③ 어깨, 등, 목에 힘을 제대로 뺐는지 확인하며 숙인 고개를 아주 부드럽게 살짝만 좌우로 흔들어본다.

④ 목부터 시작된 척추 전체를 곧게 되도록 의식하며 꼬리뼈를 향해 늘리는 느낌으로 자세를 유지한다.

⑤ 호흡에 의식을 두어 들숨과 날숨을 깊게 쉬도록 한다. 최소 30초에서 1분 정도 자세를 유지해본다.

⑥ 고개를 숙이고 자세를 낮추어 시선은 멀리 다리 사이를 향하게 한다. 목, 등, 어깨, 팔의 근력, 머리의 맑아짐, 다리 건강은 물론 아름다운 뒷모습을 갖게 해준다.

2. 고개 든 개 자세

① 고개 숙인 개 자세에서 아랫배에 힘을 주고 몸을 낮추며 내려온다.

② 개인의 몸 상태에 따라 무릎을 바닥에 대고 내려와도 좋다.

③ 힘들면 내려와서 잠시 쉬었다가 상체를 들어 올려본다.

④ 자신의 상태에 따라 가능한 만큼만 들어 올린다.

⑤ 고개 숙인 개 자세와 고개 든 개 자세를 번갈아 반복 수련하는 동안 에너지가 생긴다.

⑥ 들어 올리고 숙이고 하며 'Up& Down(업 앤 다운)'의 흐름을 느껴본다.

225

목과 어깨, 마음 안정에 좋은 자세 _책상, 고양이, 아기 자세로 연결하기

1. 책상 자세

① 양 무릎과 양 손바닥을 바닥에 대고 몸을 책상처럼 만든다. 이 자세부터 시
작되는 자세들이 많아 기본 자세라 할 만하다.

② 척추를 아코디언처럼 들어 올리고 내리는 자세를 반복한다.

③ 어깨와 목에 힘을 빼는 게 좋다. 잘 안 되더라도 힘을 뺀다는 걸 잊지 않
도록 한다.

2. 고양이 자세

① 고양이 자세에서 팔을 앞으로 쭉 뻗는다. 이때 양 어깨로부터 팔, 목, 척추까지 안전하고도 효과적인 스트레칭이 되며 시원하다.

② 호흡을 편안하게 한다.

③ 혹시 불편함이 느껴지면 담요나 쿠션을 가슴 쪽에 대고 해도 좋다. 이때 심각한 통증인지, 갑자기 움직여서 생긴 신호인지 불편함의 정도는 본인이 알아차려야 한다.

3. 아기 자세

① 웅크리는 자세로, 고양이 자세에서 팔을 아래로 내리며 돌아오면 된다.

② 가능하면 어깨와 목, 팔, 척추 등 모든 몸의 기관과 마음을 편안하게 내려 놓는다.

③ 내려놓는 것에 대한 생각 대신, 깊은 호흡을 시작한다.

④ 그저 편하게 숨 쉬며 그대로 있는다.

불면증과 목, 장, 순환에 좋은 자세 _쟁기 자세에서 어깨로 서기 자세로 연결하기

1. 쟁기 자세

① 목 앞부분의 갑상샘을 자극해주는 자세로 바닥에 누워서 시작한다. 잘 안
될 때는 등쪽에 쿠션을 대거나 벽을 이용해도 좋다.

② 목과 어깨에 힘을 빼되, 이때 발끝은 바닥에 대지 않아도 된다.

③ 고개를 돌리지 말고 반듯하게 유지한다. 시선을 배꼽에 두면 바른 위치라
할 수 있다.

④ 이 자세가 익숙해질 때까지는 꼭 눈을 뜨고 수련하도록 한다.

⑤ 호흡하며 가능한 만큼 자세 안에 머문다.

2. 어깨로 서기 자세

① 쟁기 자세에서 어깨로 서기 자세의 연결은 매우 자연스럽게 이루어진다. 단, 어깨로 서기 자세가 힘들면 벽을 이용해서 수련하도록 한다.

② 양 손바닥으로 위쪽 등을 잘 받치고 한쪽 다리씩 들어 올린다. 이때 가능하면 팔꿈치 간격이 어깨 넓이를 유지하도록 하고 고개를 바로 한다.

③ 시선을 배꼽이나 발끝에 두면 좋다.

④ 자세를 유지하며 호흡한다.

⑤ 목과 어깨에 힘이 들어가지 않도록 하고 코어에 힘을 풀지 않은 채 조심히 내려온다.

허리에 좋은 자세

1. 누워서 허리 비틀기 자세

① 자리에 편하게 눕는다.

② 양쪽으로 번갈아 비틀어본다. 이때 어깨에 힘을 빼고 무릎을 지나치게 바닥에 닿게 하려고 애쓰지 않는다.

③ 고개의 방향과 무릎의 방향이 엇갈린 채 지긋이 비틀어본다.

④ 깊이 호흡하며 양쪽을 번갈아 비튼다.

2. 앉아서 허리 비틀기 자세

① 앉은 자세에서 시작한다. 사무실 의자, 차 안, 벤치 등 남에게 피해만 주지만 않는다면 어디에서나 가능하다.

② 많이 비틀수록 시원하겠지만 조금씩 강도를 늘려가도록 한다.

③ 시원해짐을 느끼며 깊은 호흡을 한다.

척추와 감정 완화에 좋은 자세

1. 다리 벌려 숙이는 자세

① 대개 선 자세와 연결해서 수련하지만, 단독으로도 좋다. 우선 양발의 간격은 자기 어깨 너비의 두 배 반 정도 벌려서 선다.

② 목, 어깨의 긴장을 풀고 양손을 허리 뒤로 돌려서 허리를 잘 받친다.

③ 선 자세에서 중요한 건 중심 척추, 즉 코어에 힘을 주는 것이다. 엉덩이를 조이고 소변을 참듯, 발바닥은 바닥에 뿌리내리듯, 무릎은 편 채 서 있는다.

④ 들숨에 상체를 살짝 위로 젖혔다가 날숨에 천천히 상체를 바닥을 향해 내려온다. 아주 천천히 가능한 만큼 숙여 내려와 어깨를 넓혀 양손으로 발목을 잡는다. 가능한 만큼 하되, 내 몸을 이해하며 상체를 대지를 향해 숙인다는 것에 의미를 두고 한다.

2. 다리 붙여 숙이는 자세

① 어떻게 서야 흔들리지 않을까 잠시 집중해본다.

② 발바닥, 엄지발가락, 새끼발가락 이 세 지점을 연결해 지금 딛고 선 대지에
   뿌리내리듯 서 있어 본다.

③ 양손을 허리 앞, 골반에 대고 천천히 숙여 내려온다.

④ 숙였던 상체를 들어 올린다. 이때 너무 급히 올라오지 말자.

⑤ 익숙해지면 천천히 상체를 숙이고 들어 올리며 반복한다.

⑥ 척추의 움직임이 한결 부드러워짐을 느낄 수 있다.

234

3. 앉아서 숙이는 자세

① 몸을 숙인다. 단순해 보이지만 매우 중요한 자세다. 절대 억지로 숙이려 들지 말아야 하며, 섣불리 준비 안 된 몸을 푸시 하듯 힘으로 등을 누르면 허리가 아플 수 있다.

② 발에 요가 스트랩, 혹은 안 쓰는 넥타이 등을 걸어서 잡고 숙여봐도 좋다. 단, 자신의 척추가 허락해주는 선에서 시작한다. 꾸준히 하다 보면 어느새 차츰 대지를 향해 공손하게 숙여지는 순간을 맞이하게 된다.

✳ 산책이나 요가 수련할 때 들으면 좋은 음악

타박타박 산책할 때

1. 넬 – 「기억을 걷는 시간」

2. 이문세 – 「가로수 그늘 아래 서면」

3. 아이유 – 「너의 의미(feat.김창완)」

4. 로이킴 – 「북두칠성」

5. 하림 – 「사랑이 다른 사랑으로 잊혀지네」

6. Crush – 「Beautiful」

7. Israel Kamakawiwo'ole – 「Wind Beneath My Wings」

8. Ed Sheeran – 「Perfect」

9. Deep Forest – 「Amazonia」

10. Guru Ganesha Band – 「A Thousand Suns(Introducing Paloma Devi)」

천천히 요가 수련할 때

1. Snatam kaur – 「ong namo」

2. Hang Drum, Tabla Yoga Music – 「Positive Energy Music for Meditation」

3. The Guru Singh Experience – 「Ong So Hung」

4. Singh kaur – 「Blessings」

5. Charlie Haden, Pat Metheny – 「Spiritual」

6. Krishna Das – 「Mountain Hare Krishna」

7. Will blunderfield – 「Gayatri Mantra」

8. Parijat – 「Reiki Healing Waves」

9. Steve Gorn – 「At Ease」

10. Bernward Koch – 「The Color of Spring」

걷고 기도하고 노래하며

아무에게도 이해받지 못했다면,
당신은 틀림없이 자유로운 영혼!
슬프고 외롭던 시간 또한 그 영혼에 스며들어
당신을 빛나게 합니다.

수많은 과일과 잎채소, 뿌리채소, 곡식과 신선한 물.
이토록 자비로운 어머니 지구의 선물을 소중히 누리며
햇빛과 바람과 숲과 바다, 강과 언덕, 산맥, 하늘, 구름,
인간의 친구인 동물들을 사랑하며,

걷고, 먹고, 기도하듯 노래하며
내 멋에 겨워 살기로 했습니다.
애쓰지 않고 천천히
지금 주어진 이 소중한 순간을
사랑하고 가꾸며 살았으면 좋겠습니다.
당신도 그러하기를 바라며.

2021년 봄,
산책길 꽃 핀 나무 그늘 아래

김윤선